臈《ろう》たし甘き蜜の形代《かたしろ》

鈴木あみ

白泉社花丸文庫

遊廓言葉辞典

お職…………おしょく。その娼家の中で最も売れっ子の遊女。(大見世ではこの呼び方はしなかったようですが、本作ではこれで通してます)

妓楼主………妓楼（遊廓）の主人。オーナー。

清掻き………張り見世を開くとき弾かれる、歌を伴わない三味線曲。「みせすががき」とも。

引っ込み禿…遊女見習いの少女で、特に見込みのある者。芸事などを習わせ、将来売れっ子になるための準備をさせた。（本来、13～14歳までの少女たちであったようですが、本作では16歳までの禿扱いになっています)

遣り手………遊廓内の一切を取り仕切る役割の者。遊女上がりの者がなることが多かった。

臈《ろう》たし甘き蜜の形代《かたしろ》　もくじ

イラスト／樹要《いつきかなめ》

今から二十数年前、売春防止法が廃止《はいし》され、一等赤線地区が復活した。昔ながらの遊廓《ゆうかく》や高級娼館《しょうかん》等が再建され、吉原《よしわら》はかつての遊里《ゆうり》としての姿を取り戻している。

大門《おおもん》の前で車を降り、仲《なか》の町《まち》通りを折れて少し進むと、宵闇《よいやみ》にひときわ鮮《あざ》やかな遊廓が見えてきた。

料亭風の優《ゆう》雅《が》な造りだが、三階建ての建物の一階には、料亭にはない紅殻格子《べんがらごうし》の張り見《み》世《せ》が設《しつら》えられている。そしてその中には、豪奢《ごうしゃ》な衣装を纏《まと》った美しい色子《いろこ》たちが咲き競《きそ》っていた。

花降楼《はなふりろう》――男専門の廓《くるわ》として、吉原でも屈指《くっし》の大見世《おおみせ》である。

（……もう、二度と来るつもりはなかったのに）

少し離れたところから、彼は見世構えを見上げた。――思い出さずにはいられなかった。いつもどんなにときめきながら、この見世に通ったか。

（ここはあの頃と変わらない）

ずいぶん手も入れているのだろう。あれから何年もたつというのに、相変わらず格子の色も鮮やかだ。

「岩崎《いわさき》……！」

連れ立ってきた友人が、気を逸《はや》らせて彼を急《せ》かす。

「何やってるんだよ、早く来いよ」

「ああ……」

「何しろおまえが来てくれなきゃ、俺は入れないんだからさ」

この友人――有名な政治家の息子でもある彼にせがまれることがなかったら、来ることはなかっただろう。

格式を誇《ほこ》る花降楼では、一見《いちげん》の客を登楼《とうろう》させることはない。初めてのときは必ず、しかるべき紹介者を通さなければならないしきたりになっていた。

そのためにこの友人は、どうしても、と岩崎に頼み込んできたのだ。

暖簾《のれん》をくぐり、敷居《しきい》を跨《また》げば、中のようすもまた以前と変わりなく華《はな》やかだった。

行き交う色子たちやその客を眺《なが》めていると、ふと昔に戻ったような錯覚《さっかく》を起こしそうになる。

（今にもそこで鞘当《さやあ》てがはじまりそうな――）

――あちらのお座敷からこちらのお座敷へ、今日も尻が軽いこと
――そっちこそ。今日はお茶挽《ひ》いてないんだ？　よかったじゃん、お客様がついて
当時の花降楼で、双璧《そうへき》とも謳《うた》われた傾城《けいせい》同士のそんな口争いは、一種の名物にさえなっ

ていた。

けれど岩崎は、そうして彼らが顔をあわせたときの蜻蛉《かげろう》の苛立《いらだ》ちや、微笑に隠された綺《き》蝶《ちょう》の自分を見る目の昏《くら》い光に、最初から気づいていた気がするのだ。

思い出せばひどい痛みと、そして懐かしさもまた覚えてしまう。今でも胸が疼《うず》く記憶だった。

だが、一見《いっけん》変わらないように見えても、あれから年月が過ぎたぶん、見世の者の入れ替わりはあるらしい。

予約してあった初会《しょかい》の席に侍《はべ》る新造《しんぞう》、芸者や幇間《ほうかん》たちは、ほとんど知らない顔だった。それとも、見世のほうでそのように気を使ってくれたのだろうか？

久々の廓での華やかな宴《うたげ》に少し疲れ、岩崎は友人を宴席《えんせき》に残し、手水《ちょうず》に行くふりで中座《ちゅうざ》した。

廊下《ろうか》の手摺《てす》りに凭《もた》れて煙草《たばこ》を咥《くわ》える。

狭《せま》い吉原の一角《いっかく》にあるとは思えないほど広い庭を、ぐるりと囲む回廊《かいろう》。登楼するたび、ここを蜻蛉に連れられて行き来したものだった。

（懐かしい）

月光に蒼《あお》く照らされた、蜻蛉の美しい顔を思い出す。どんなに恨んだか知れないのに、記憶の中の蜻蛉の美貌《びぼう》は少しも衰《おとろ》えることがない。

祖父の会社と遺産を巡《めぐ》り、家族や親類たちの醜《みにく》い争いを日々目の当《ま》たりにしていたあの頃の岩崎にとって、吉原は夢の世界であり、蜻蛉は唯一《ゆいいつ》の「美しいもの」だった。同じような冷たい家庭に育ち、決して明るいとは言えない資質を持つ蜻蛉に、自分と同じ月の世界に属する者だと、共感を覚え、恋をした。男が好きだというのでさえ、多分なかった。

(蜻蛉……)

「岩崎様」

ふいに、どこか聞き覚えのある声に呼ばれたのは、そのときだった。

振り向けば、いつのまにか一人の男がすぐ傍《そば》まで歩み寄っていた。数年前までは、登楼するたびに見かけていた顔だった。

「鷹村《たかむら》……」

岩崎は彼の名を呟《つぶや》く。ここへ来るからには、おそらく会うことになるだろうとは思っていたけれども。

「おひさしぶりです」

そう言って、鷹村は頭を下げた。

「ちょうどご挨拶《あいさつ》に伺《うかが》うところでした」

と、鷹村は言った。彼は遣り手《やて》として、花降楼のすべての実務を取り仕切っている男だった。

なかば宴の終わりを待たずに帰ってしまうつもりだったにもかかわらず、岩崎は招かれるまま、見世の奥にある彼の部屋へ上がった。

「あんなに何度も通ったのに、ここへ来るのは初めてだな」

「本来、お客様の来られるところではありませんから」

落ち着いた雰囲気の和室はめずらしい設えのものではないが、見世の華やかさとは対照的で、中にいると少し不思議な気持ちになる。

「……ひさしぶりに来たけど、変わらないな。この見世は」

「そうですか？」

「ああ。それにおまえも。あれから何年もたっていうのに、全然変わってない気がする」

それどころか子供の頃、登楼する祖父に連れられて初めて見世に来たときと同じ顔をしている気がする。当時の岩崎のことを鷹村は覚えていないだろうけれど、昔は廓遊びに子や孫を伴《ともな》う酔狂《すいきょう》な男が少なからずいたものだったのだ。

「岩崎様は、ずいぶん変わられました」

「そう？」

「ええ。すっかり大人になられて……。昔はもう少し、線の細い感じがしたものでしたけれど」

「最後に登楼したときは、まだ学生だったからね。……子供だったよ」

「煙草もお吸いになりませんでしたね」

「ああ……」

手許《てもと》に視線を落とし、いつのまにか短くなっていたそれを灰皿にもみ消す。決して美味《うま》いとは思わないのに、口寂《くちさび》しさからいつのまにか覚えたものだった。

「あれから何年か外国にいたんだ」

蜻蛉を連れていくはずだった欧州《おうしゅう》へ一人で行き、そしてそのまま一人で暮らした。

岩崎は苦《にが》く盃《さかずき》を呷《あお》る。

「ずいぶん浮き名を流されたとか」

「……地獄耳だな」

鷹村がそんなことを知っているとは思わなかった。

「さすがに、長年大見世の遣り手を務《つと》めているだけのことはある」

揶揄《やゆ》しても、鷹村は微笑するばかりだ。

（たしかに、遊んだ）

令嬢《れいじょう》もいれば貴婦人《きふじん》も娼婦《しょうふ》も、来る者拒《こば》まずの享楽《きょうらく》の生活は、ある意味楽しかった。

それももう、すっかり飽《あ》きてしまったけれど。

「今は、岩崎商事の本社へ戻って辣腕《らつわん》を振るっていらっしゃるとか。やり手だとのお噂は、大門の中まで届いておりますよ」

「たいしたものじゃないよ」

岩崎は苦笑した。

鷹村が素直に褒《ほ》めているわけではないのは、口調から察しがついた。実績を上げているのは事実だが、そのやり口はどうなのか、と。

鷹村は言った。

「……もう、見世へはいらしていただけないかと思っておりましたが……」

彼としても、岩崎を歓迎しているわけではないだろう。なのに自室に招《よ》んだのは、岩崎の登楼に何か他の意図があるのかどうか、探《さぐ》りたかったからなのだろうか。

（無理もない……か）

蜻蛉が一方的に岩崎との身請《みう》けの約束を翻《ひるがえ》し、駆け落ち同然に花降楼を出奔《しゅっぽん》してから、どれほど揉《も》めたか知れなかった。岩崎自身、本当に子供だった。体面を考えた両親が弁護士を介《かい》し、勝手に見世と手打ちをしたあとも、いろいろなことがあった。

（突然、蜻蛉を失ってから）

——否《いな》、失うというのは、手に入れたものに対して使う言葉だ。自分は一瞬でも蜻蛉を手に入れたことがあったのだろうか。

身請けの約束をして、からだだけは手に入れたと思って――それでもどこかで予感はしていた気がする。蜻蛉が、決して自分のものにはならないということ。

「……来る気はなかったよ。友人にせがまれなければね」

それでも、もっと前なら、誰に何を頼まれても訪《おとず》れることはなかっただろう。そう考えれば、時がたつにつれ、少しは傷も癒《い》えたということなのだろうか。

「ご友人の鞆谷《ともたに》様は、花梨《かりん》に一目惚《ひとめぼ》れなさったとか」

「そうらしいね」

傾城の写真は、昔で言う道中絵葉書のようにして、市中《しちゅう》でも売買《ばいばい》されている。偶然その一葉《いちよう》を見て、鞆谷はこの見世の傾城に一目惚れしたという。

岩崎が鞆谷の頼みを聞く気になったのは、彼のその狂おしい思いに、かつての自分を重ねてしまったからでもあったかもしれない。

「今、お職《しょく》を張ってる妓《こ》だって？」

「ええ。御陰様《おかげさま》で先月は」

初会に姿を現した傾城は、くるくると大きな瞳をした、たしかに可愛らしい妓だった。

だが、岩崎は、

（蜻蛉ほどじゃない）

と、どうしても思ってしまう。

童顔なつくりのせいもあるのだろうか。鞆谷が収集した情報では、大見世の傾城にしてはずいぶん気さくで優しい妓らしいと言うけれども、それだけに優雅さや傾城としての重みのようなものには欠ける気がする。

実際、先月は——という鷹村の口ぶりからしても、往時《おうじ》の蜻蛉やまたは綺蝶のように、圧倒的な存在ではないようだった。

（そうそういるはずがない。蜻蛉のような妓は）

当たり前だ、と岩崎は思う。美妓揃《びぎぞろ》いのこの見世でも、いやたとえどこにいたとしても、それほどの特別な存在だったからこそ好きになったのだ。

「お酒をお持ちしました」

部屋の外から、幼《おさな》い声がかけられたのは、そのときだった。

「お入りなさい」

「失礼します」

鷹村の答えを受けて、禿《かむろ》が襖《ふすま》を開ける。

そして拙《つたな》いお辞儀《じぎ》をし、伏《ふ》せていた顔をあげた瞬間、岩崎は息を飲んだ。

（蜻蛉……）

時が、本当に巻き戻されたかと思った。

それも蜻蛉の部屋に登楼していた頃ではなく、祖父に連れられて来て、初めて禿だった蜻蛉の姿を見かけたあの瞬間に。

（見つけた……！）

蜻蛉そっくりなその顔に、目が釘付《くぎづ》けになる。

禿は盆《ぼん》を持って部屋へ入ってきた。

白くなめらかな頬《ほお》に、くっきりとした大きな黒い瞳。切れ長の瞼《まぶた》にはやはりびっしりと黒い睫毛《まつげ》が生えている。幼さに似合わないほど整《ととの》った顔立ちは、だが蜻蛉もそうだったのだ。

卓上に銚子《ちょうし》を置き、空《から》になったものを下げて戻ろうとする禿に、岩崎は思わず声をかけていた。

「――きみ、名前は……？」

「椛《もみじ》と申します」

禿が答える。

「そう……可愛い名前だね」

「ありがとうございます」

禿は――椛は、素直に微笑む。

（可愛らしい）

自然、微笑み返さずにはいられないような愛らしさだった。

蜻蛉なら、初対面の相手に対してこんな顔は決して見せないだろう。それは蜻蛉の性格的なものではあるが、傾城としてのいわゆる「張り」にも通じる資質だ。幼さを考えれば当然だが、この子は傾城のたまごとしてはまだまだだし、性格も蜻蛉とはまるで違うようだった。

（でも……顔は本当によく似てる）

最初の衝撃が去り、じっくりと鑑賞《かんしょう》しても、やはりその印象は変わらない。

「……？」

自分を見つめる岩崎に、椛は首を傾《かし》げる。

「ご苦労様でした。もう休んでいいですよ」

「はい」

鷹村の言葉に従い、作法どおりにお辞儀をして、椛は部屋を出ていった。襖を開《あ》け閉《た》てする姿を、岩崎はじっと見送る。

「……岩崎様」

視線を戻せば、鷹村が銚子を傾《かたむ》けていた。

盃を差し出して受けながら、視線は再び禿が消えた襖へと吸い寄せられていく。

「……あの子がどうかしましたか」

と、鷹村は問いかけてきた。

「岩崎様……？」

「いや……可愛い子だと思って」

「ええ。将来が楽しみです」

「蜻蛉に似てるね」

「え……っ？」

鷹村は驚いたように小さく声を立てた。岩崎は盃を呷る。

「……それほどとは思いませんが」

「そうかな？」

その目は節穴《ふしあな》なのかと視線を戻せば、鷹村は何かを感じとったのか、案じるように眉《まゆ》を寄せている。

「……まさか、岩崎様」

岩崎はにやりと笑みを浮かべていた。それだけで、鷹村は岩崎の意図を悟《さと》ったようだった。

「ご冗談を……あの子はまだ」

「だから？」

鷹村の言葉を敢《あ》えて遮《さえぎ》る。彼は岩崎にきつい非難《ひなん》の眼差《まなざ》しを向けてきた。けれどその鋭《するど》さも、見つけた愉《たの》しみの前にはまるで気にならない。

「……光源氏《ひかるげんじ》にでもなるおつもりですか」

低く鷹村は言った。

「ああ……それはいいね」

その言葉にまた、微笑が零《こぼ》れた。

「岩崎様……！」

「おまえはぼくに借りがあるはずだろう？」

岩崎は微笑を昏い笑みに変える。蜻蛉の一件、落とし前がついたとは思っていない。何年過ぎようと、法的にどうであろうとも。

「あなたというかたは……大人になって、少しはお変わりになられたかと思ったら、本質はまったく変わられてはいない」

鷹村らしくない、客に対する無礼《ぶれい》な言葉も気にならない。見世はきっとこの話を飲むだろう。岩崎には確信がある。

「見世にとっても悪い話じゃないはずだよ」

彼は更に言葉を重ねた。

【1】

廓の昼下がり。

髪部屋には色子や禿たちが集い、開け放した障子《しょうじ》の向こうに庭を眺《なが》めながら、思い思いに好き勝手なことをして過ごしていた。

花札《はなふだ》や噂話に興じる者、馴染《なじ》み客に手紙をしたためる者、届いた手紙を読む者。仕掛《しか》けを適当に羽織《はお》った者、風呂上がりに緋襦袢《ひじゅばん》で禿に髪を梳《と》かせる者。

そんな姿はひどくしどけないが、とても華やかでもある。昼見世のない花降楼では、今が一番長閑《のどか》な時間だった。

その一角で、椛は自分が仕《つか》えている傾城、藤野《ふじの》の艶《つや》やかな黒髪を梳いている。宴に出るための身支度《みじたく》を手伝うのは、椛の大切な仕事だった。

椛が十でこの花降楼に買われ、藤野の部屋付きになってから、七年の月日が過ぎていた。

午後も遅くなると、予約の入っている色子たちに予定を確認するため、鷹村がやってくる。それ以外のときは、鷹村も見世の他の者も、髪部屋にはあまり入ってはこない。ここは色子たちのための場所だからだ。

お職の妓から順に、登楼する予定の客の名が告げられる。これでその日のすべての客が網羅《もうら》されるわけではなく、この後に連絡が入ったり、予約せずにふらりと登楼する馴染み客も多いのだが、やはり妍《けん》を競う色子たちにとっては、誰にどれだけ声がかかったかは大きな関心事ではある。自分の客に一喜一憂《いっきいちゆう》し、他人の客に妬《ねた》んだり冷やかしたり、姦《かしま》しく忙しかった。

「藤野」

まだ禿である椛にとってはなかば他人事だが、藤野の名が呼ばれると、つい一緒に顔を上げてしまう。

鷹村は、やや不機嫌《ふきげん》に言った。

「今夜は口開けから、岩崎様がお見えになるそうです」

「岩崎様が……！」

思わず声をあげてしまったのは、椛だった。

鷹村に睨《にら》まれ、慌《あわ》てて口を噤《つぐ》む。それでもぱっと心が浮き立ち、思わず笑顔が零れるのはどうしようもなかった。

（岩崎様がいらっしゃる……！）

彼が登楼するのは、二週間ぶりにはなるだろうか。

鷹村はそんな椛を見てため息をつく。諦《あきら》めと呆《あき》れのため息だ。だが椛には少しも気にならない。

「では、それぞれ抜かりなくお客様をおもてなしできるよう、支度を整えておくように」

鷹村が出ていった途端《とたん》、色子の一人が椛に声をかけてきた。

「岩崎様、また来るって？」

「え、ええ……」

椛は思わず赤くなってしまう。

岩崎は、藤野の客として登楼する。そして椛は、その名代《みようだい》として座敷に侍《はべ》っていることになっている。

だがそれは表向きのことに過ぎないのだ。

(岩崎様は、俺に会いにいらっしゃる)

椛はそのことを甘く噛《か》みしめる。ひさしぶりに岩崎に会えると思うと、嬉しくてならない。

本来、未《いま》だ禿に過ぎない椛のもとへ客が通うなど、あってはならないことのはずだった。

(勿論《もちろん》、何かするわけじゃないけど……岩崎様はそういうかたではないし)

酒と話の相手だけだが、それでもそういった申し入れがあった場合には、他の客なら当然見世は断っているはずだった。なのにどうして、岩崎だけが特別扱《あつか》いを受けているのか――

――鷹村は、ぼくに借りがあるからだよ。逆らえないんだと、岩崎は冗談めかして言っていたけれども。

(借りって何だろう?)

――それだけ岩崎様が上客《じょうきゃく》だってことだろう

深く考えなくてもいい、と藤野には言われた。

実際、岩崎財閥《ざいばつ》は見世に多額の投資《とうし》をしているという噂もある。その御曹司《おんぞうし》であり、後継者でもある岩崎は、お大尽《だいじん》の居並ぶ花降楼の客の中でさえ、上客中の上客ではあったのだ。

椛と岩崎とのことを、鷹村はなるべく秘《ひ》しておきたいようだったが、そうそう隠しおおせるものではない。いつしかそれは、なかば公然の秘密のようになっていた。

今日も岩崎の登楼があると知れて、椛はあっというまに噂好きの色子たちの標的にされた。

「今月、何回目だっけ?」

「たしか二回目じゃね?」

「あれ?　少なくねえ?」

「あ……それは外国に行ってらしたから……」

椛は口を挟む。

数年前までは岩崎商事の欧州の支社を回っていたという彼は、今でも出張で外国へ行くことが多かった。そうでないときは、必ず毎週一度は登楼してくれるのだけれど。

「じゃあ、外国土産《みやげ》を持ってきてくださるわけだ」

「水揚《みずあ》げもしないうちから搾《しぼ》り取るなんて、まったく近頃の禿ときたら」

「可愛いと得だよな」

口々にやっかみ、囃《はや》し立ててくる。

「そんなこと……」

「ああいう人がついてると、新造出《しんぞう》しも水揚げも、なんの心配もなくていいよな。なあ藤野」

「……まあ」

傾城の一人が藤野に話を振ったのは、新造出しはたいていその禿の仕えている傾城が、自分の客に金を出させて面倒を見るものだからだ。だが椛の状況では、形式的にはそれと同じであっても、実質岩崎は椛の客であるため、その出資が藤野の負担《ふたん》になることはない。部屋付きの禿として、年季明《ねんきあ》けも近い藤野に楽をさせてあげられるのも嬉しいことだった。

新造出し同様、水揚げもおそらくそうなるだろう。

いい客がつかず、傾城として恥ずかしくない支度をするため、相当な苦労をしなければならない妓もいることを思えば、禿のうちからしっかりした後援者がつき、色子として将来が約束されたも同然の椛は、たしかにずいぶん恵まれていると言えた。

しかも、ただ大金持ちで金惜《かねお》しみをしないという以上に、岩崎は優しく穏《おだ》やかで、端整《たんせい》な容姿《ようし》をしている。どんな妓でも、羨《うらや》まずにはいられないような男だった。

そういう人に目をかけてもらっていることを、いくら横紙破《よこがみやぶ》りであったとしても、椛は誇《ほこ》らしく思わずにはいられない。否――誇らしいという以上に、嬉しい。岩崎がたくさんの娼妓《しょうぎ》の中から禿にすぎない自分を選び、可愛がってくれるということが。

椛が岩崎と初めて出会ったのは、五年近く前のことだった。

鷹村の言いつけで酒を運んだ彼の座敷に、岩崎がいたのだ。

どこか陰《かげ》のある、けれど優しそうに整った知的な容姿をして、廓の客にはめずらしく、まだ青年と呼んでいい若さだった。とはいえ、椛より十歳以上も歳上の男ではあったのだけれど。

もし兄がいたら、きっと岩崎のようだったのだろうか？

（こんなお兄さんがいたら）

椛はぼんやりと想像し、憧《あこ》れを抱《いだ》く。

椛には、兄弟はいない。母親はとても愛してくれたが、父親は椛が生まれる前に病気で亡くなっていた。

やがて母をも亡くし、引き取ってくれた叔父《おじ》の手でこの花降楼に売り飛ばされたとき、椛はもう自分を特別に可愛がってくれる人は誰もいないのだと思った。

そんな椛に、岩崎が微笑《わら》いかけてくれた。彼は何故だか、椛をひどく気に入ってくれたのだ。

以来、彼は椛の許《もと》に通い、このうえなく可愛がってくれるようになった。

――禿のうちから、あまり増長させないでもらえませんか

と、鷹村に咎《とが》められるくらいに。

わかったよ、と鷹村には答えながら、岩崎は椛を甘やかすのをやめない。膝《ひざ》に乗せてくれ、贈り物をくれ、台の物は椛の好きなものばかりを頼んで、好きなだけ食べさせてくれる。

父親を知らない、貧《まず》しい育ちの椛には、何もかも初めての経験だった。

彼はいったい、椛の何を気に入ってくれたのだろう。

幼い子供が好きな特殊な趣味でもあるのでは、などと面白がって言う者もいるが、岩崎にはそういういやらしい感じはまるでしない。禿にも淫《みだ》らな視線を向ける客はまれにいるが、岩崎の目はまったく違っていた。

――めずらしいんじゃない？　長く外国暮らしでいらしたみたいだから、こういう見世の妓が

とも言われるが、それだけでは「椛を」という説明にはならない。

(何か気に入ってくださったところがあるはずなんだけど……)

将来きっと美人になると嘱望《しょくぼう》されている顔だろうか。

外見でなく中身だったらもっと嬉しいけれど、たとえどこであっても、かまわない。

椛はすぐに岩崎のことが大好きになった。どこか陰のある彼が、椛の目には寂しそうに映る。慰《なぐさ》めてあげたいと思う。もっと大人になれば、きっとそれができると思う。

そしてその気持ちはもうすぐ新造となる今まで、ずっと続いている。

しあわせで、自らの幸運が、ときどき不安になるほどだった。

まるで夢を見ているようで――いつか覚める浅い夢を。


黄昏時《たそがれどき》、見世《みせ》清搔《すがが》きの音が遠く流れる。

岩崎の登楼を聞き、椛は廊下を急いでいた。ぱたぱたと、いつのまにか小走りになる。

すれ違う他の客や傾城たちにぶつかりそうになり、頭を下げてまた急ぐ。

座敷の前まで来ると、椛はようやく脚を止めた。

呼吸を整え、少し乱れた髪を手で直して、跪《ひざまず》く。

「椛です。失礼いたします」

廊下から声を掛け、襖を開けた。

お辞儀をしていた頭を上げると、すぐに岩崎の穏やかに整った顔が目に飛び込んでくる。

いつもながら外国製の高級なスーツに身を包み、育ちからくる品の良さを纏《まと》いつかせていた。

岩崎が手にしていた手帳から視線を上げ、椛を捉《とら》える。椛はつい上気《じょうき》した頬を綻《ほころ》ばせてしまう。

「椛」

「岩崎様」

椛は襖を閉め、飛ぶように彼の傍へ寄った。

岩崎は椛を見下ろし、苦笑を浮かべた。

「廊下を走ってきただろう？」

「えっ」

椛は思わず声を立ててしまった。ごまかそうにも、こんなにも顕著《けんちょ》な反応をしてしまってはもう遅い。でも、なんでわかったんだろう、と椛は思う。

岩崎が手を伸ばし、椛の髪をそっと撫《な》でる。一応整えたつもりだったのだが、まだ乱れていたのだろうか。優しいてのひらの感触にちょっとどきどきしながら、椛は言い訳をした。

「は……走ってません。ただちょっと急いで来ただけで」

「そう？」

岩崎は、お見通しという顔をする。

「もうすぐ新造になるんだから、少しは落ち着かないとね」

叱《しか》るときでも、岩崎の眼差しは優しい。椛はそれをちらと見上げた。

「……だって……岩崎様にお逢いできると思ったら、嬉しくて……」

椛がそう口にすると、岩崎は微笑し、わずかに目を細めた。

（あ……まただ）

その表情に、椛の心は小さく揺らいだ。

椛といるとき、岩崎はときどきこんな顔をすることがある。瞳はたしかに椛を捉えているのに、どこか遠いところを見るような——椛の向こうに、何か違うものを見ているような。

（どうして？）

何故岩崎がそんな顔をするのか、何を見つめているのか、椛にはわからなかった。それなのに、わけもなく不安になる。

「椛はもう一人前の色子みたいなことを言うんだね」

と、岩崎は言った。

「嬉しいけど、傾城になったら、客にあまり簡単にそういうことを言ってはいけないよ。椛は将来、一流の傾城になるんだからね」

最高の傾城というものは、高嶺《たかね》の花でなければならない。

それは日頃から、岩崎に教えられていることだった。

ずっと昔の吉原では、何度登楼しても、傾城は気に入らない客には一言《ひとこと》の口さえ聞いてくれなかったという。それでも通い詰めずにはいられない、憂《う》き世《よ》を忘れるほどの美貌と気品を兼ね備えた存在。

――それくらいの張りがあっていい
だから落ち着きのない態度を取ることは勿論、気軽に甘い言葉を与えたり、満面の笑顔を見せたりするものではない。

――ふだんから誰にでも気さくに愛想を振り撒《ま》き、媚《こび》を売るような傾城は、たとえ売れっ妓になったとしても、安っぽいからね
まるで誰かそういう傾城を知っているみたいに、岩崎は言う。個人的な好みとしても、嫌い――認められないタイプのようだった。

岩崎にそう言われれば、椛にとっては絶対だ。

――椛は素直で可愛いけど、少し重みが足りないね

日頃にこりともしない妓がたまに見せる笑顔は客にとっては賜物《たまもの》であり、だからこそ価値がある。嬌言《きようげん》にもほだされる。自分だけが特別だと思わせ、虜《とりこ》にすることができる。

将来を嘱望される禿として、椛が心がけなければならないことの一つだった。そして、わかっているのに、なかなかできないことの一つでもあった。

そんなに気位《きぐらい》が高くてやっていける傾城は、美妓揃いの大見世でも滅多《めつた》にはいない、と先輩の傾城たちは言う。だが岩崎が敢《あ》えて椛に言うのは、それだけ彼が椛に期待してくれている証《あかし》だと思うのだ。

岩崎の期待に応えたかった。そしてそれが未来の傾城としてもあるべき姿だと思う。

なのに彼が来てくれると嬉しくて、ほかのことは何もかも頭から飛んでしまう。

きちんとできない自分を反省しながらも、

(だって、岩崎様は特別だから)

と、椛は思わずにはいられない。

椛にとって、岩崎はただの客ではなかった。小さい頃から可愛がってくれる、兄のようにも慕《した》う相手だった。

椛が口にしたのは、椛の本心だ。色子が客に媚びるのとは違う。岩崎が来てくれて、本当に嬉しかったから。

そう言いたくて、けれど椛は躊躇《ためら》う。

（安っぽいって思われるかも）

それに、

（岩崎様にとってはどうなんだろう……？）

椛にとって岩崎がどんなに特別な存在でも、岩崎にとってはどうなのだろう。

岩崎は、椛を特別に可愛がってくれているように見える。ただの将来の客と色子というだけでなく、もっと違う気持ちを持ってくれているはずだと思う。そうでなければ、抱くこともできない禿の許へ、何年も通ってくれるはずがない。――けれどもし、違ったら？

こんなにもよくしてもらっているのに、確信を持つことが、何故だか椛にはできない。

「実は、今日はお土産が間に合わなくてね」

岩崎の言葉で、椛ははっと我に返った。

「お土産なんて」

いつも何かしら気を使ってもらっているのに、たまになかったからといって、そのほうがむしろ普通なのに。

だが、岩崎はそういう意味で言ったわけではなかったようだ。

「いい裸石が手に入ったんで、今簪《かんざし》をつくらせてるんだ。次に来るときには持ってくるよ」

「そんな……勿体《もったい》ないです」

椛はつい慌ててしまう。

「どうして？」

「だってこのあいだもつくっていただいたばかりだし、俺、まだ禿なのに……」

「もうすぐ新造になるし、そうすれば一本立ちも目の前だからね。いくらあっても足りなくなるよ」

岩崎は高価な贈り物を少しも恩に着せようとしない。

椛はこれまで、本当にたくさんの簪や、仕掛けさえも仕立ててもらっていた。

今はまだそれらを纏《まと》う機会はないが、禿のうちからこんなにも贅沢《ぜいたく》にいろいろな品を持っている子は、他には誰もいないだろう。一本立ちしても、当分はまったく新しいものを誂《あつら》える必要がないくらいだった。

「はい……ありがとうございます」

「それからもう一つ」

岩崎は手帳をしまい、脇《わき》に置いてあった紙袋からリボンのかかった箱を取り出し、小卓の上に乗せた。

「これはおまけだよ」

「わあ……っ」

箱を見た瞬間、中身がわかって、椛の心はぱっと浮き立った。

「開けてもいいですか？」

「勿論」

わくわくとリボンに手をかけ、岩崎の苦笑に気づいてはっと取り繕《つくろ》う。小さく咳払《せきばら》いして、端《はし》を引っ張る。

箱を開けると、中から出てきたのは可愛らしい罎《びん》に入った外国の砂糖菓子だった。白や薄い桃色《ももいろ》や空色のまるいボンボンがたくさん入っている。

岩崎は外国へ行くと、よくその土地の菓子を買ってきてくれた。見世でお裾《すそ》分《わ》けされるものは和菓子に決まっていたから、異国の菓子は椛にとってはひどくめずらしく、心震えるものだった。

「お酒が入ってるんだけどね。まあこれくらいなら」

「綺麗……」

思わず椛は呟く。

「気に入ってくれたならよかった」

「はい……！」

つい声を弾《はず》ませてしまい、椛はまた唇を押さえた。そしてはしゃぎすぎないよう気をつけて、お礼を言う。

岩崎は微笑した。

「椛はまだ簪よりお菓子のほうが好きみたいだね」

「そっ、そんなこと……っ」

「ない？」

「う……」

実際、岩崎の言うとおりだったのだ。

人も羨むほどのものを貢《みつ》いでもらいながら、けれどどんな装飾品より、お菓子のほうが嬉しく感じてしまう。それはまだ椛が禿だからなのだろうか。

岩崎の理想とはますます遠くなるようで、椛は答えを呑《の》み込んだが、岩崎には椛の心が見えているようだ。

「そんなふうだからつい、美味しそうなお菓子を見つけると買ってしまうんだな。椛ももうすぐ新造だし……大人扱いにしないといけないいんだけど」

その言葉に、椛の胸は小さく音を立てる。

（大人扱い……）

新造出しはもうすぐでも、水揚げにはまだ一年もある。まだずっと先のことなのに。

（そう——今から緊張しなくても）

椛は自分に言い聞かせる。

「椛へのお土産はいつも悩ましいよ。ブランド物や普通の宝飾品を贈っても使い道がないだろうし、外国から着物を買ってくるのも変だしね」

「そんなこと……お気持ちだけで嬉しいです」

不思議な胸の高鳴りを押し殺し、椛は言った。

岩崎が外国でも椛のことを忘れずにいてくれて、自分のために頭を悩ませてお土産を選んでくれたことが、何よりも嬉しい。

(本当にいつもよくしてもらってて)

自分でもしあわせ者だと思う。

(俺も何か、岩崎様にさしあげられるものがあればいいんだけど……)

傾城としては、客に目を掛けてもらったからといって、こんなふうに思うべきではないのだろう。

(でも……新造出しが終わったら、すぐ岩崎様のお誕生日だし)

何か欲しいものはないかと聞いても、禿の身でそんなことは考えなくていいと言われてしまうだろう。去年も、一昨年もそうだったのだ。

傾城になれば、馴染み客の誕生日を祝うのは、ある意味当然のことになる。誕生祝いに託《かこつ》けて客を登楼させ、宴を開いて散々搾《しぼ》り取るのが手管《てくだ》の一つだからだ。

だが椛は、そんな立場になる前に、岩崎の生まれた日を祝い、お礼がしたかった。

(……と言っても、何を差し上げたらいいんだろう？)

良い考えも浮かばないが、資金もなかった。

禿は仕えている傾城に預かりの身だから、生活の一切《いっさい》を見てもらえるかわりに、決まった給金などはない。岩崎の払ってくれた花代は見世に預けられていて、まだ椛の自由に動かすことはできないし、気まぐれに藤野がくれる小遣《こづか》いを貯《た》めてはいるが、たいした額にはなっていなかった。貿易商の血筋に生まれ、常に美しいものに触《ふ》れてきた目の肥《こ》えた男を満足させるようなものなど、買えるとは思えないのだけれど。

「あの……出張はいかがでした？」

考えながら、椛は土産話をねだった。

いつも和風のものだけに囲まれ、格子の中に閉じこめられて暮らしているせいか、外の世界は椛の憧れだった。見世に売られてきてからは勿論、それ以前も、椛は外国へ行ったことがなかった。子供だったし、家は貧乏だったからだ。

（いつか行ってみたい）

と思う。

（そんな日は多分来ないと思うけど……）

「今回はあまり写真が撮れなくてね」

と、岩崎は言った。

彼はいつも外国へ行くと、たくさんの写真を撮ってきてくれる。椛がそれを見ながら、話を聞くのが好きだからだと思う。

旅行雑誌にも載っているような有名な建物などもあるが、綺麗に盛りつけられた晩餐《ばんさん》の冷菓とか、通りすがりの建物、花、岩崎の目に触れてちょっと面白かったものなど、被写体は多岐《たき》にわたっていた。

吉原にいてはなかなか見る機会がないものだけに、めずらしいのもさることながら、椛と会っていないときの岩崎の日常が垣間《かいま》見られるようで、それが何より嬉しかった。

「可愛い……！」

コース料理のデザートだろう。白鳥《はくちょう》を模《も》して形づくられたシュークリームを見て思わず呟けば、やっぱり色気より食い気だね、という顔で岩崎は苦笑する。

あまり撮れなかったと言いながら、それでも写真は二十枚以上はあった。観光地のものはほとんどなく、ホテルや会社の中、窓から街並みを撮ったものなどが多い。

そのことからも岩崎の話の端々《はしばし》からも、今回の出張は大変だったのだと察せられた。

（そういえば、なんとなく疲れていらっしゃるような……）

顔色や目許に、少し疲労が滲《にじ》んで見える気がした。

そんな忙しい中でも忘れずに写真を撮ってくれ、合間を縫《ぬ》って登楼してくれたのだと思うと、胸が温かくなる。

（そうだ……何か、お疲れを癒《いや》してさしあげられるようなものを、贈れないかな？）

「椛……？」

じっと彼の顔を見つめてしまう椛に、岩崎は怪訝《けげん》そうに問いかけてきた。

「あ、いいえ」

慌てて目を逸らす。

（あ……馬鹿。立《た》ち居《い》振《ふ》る舞《ま》いはいつも優雅に、ゆったりしてないといけないのに）

それもまた教えられてきているのだが、もともとの性格なのか育ちのせいか、なかなか身に付かないことの一つでもあるのだった。

椛は気を取り直そうとした。岩崎の盃が空《から》になっているのに気づき、銚子を手にして酒を注《つ》ぐ。

「……椛は変わってるね」

ふいに岩崎は言った。

「え……？」

「こんな話、本当に面白いの？」

「面白いです……！　あ」

つい勢い込んで答えてしまい、はっと口を噤《つぐ》む。これもまた「高嶺の花」として相応《ふさわ》しい態度ではなかった。

叱られるかと、上目《うわめ》でそっと椛は窺《うかが》う。岩崎は変わらず微笑を浮かべていて、椛はほっとした。

　そして反面、気になってしまう。

「あの……岩崎様は楽しくないですか？」

　岩崎は軽く眉をあげた。

「そんなことはないよ。熱心に聞いてくれると話しがいがあるし……やっぱり嬉しいものだね」

「よかった」

　思わず破顔《はがん》して、また引き締める。岩崎は苦笑した。

「楽しいよ。椛の顔を見ているだけでも」

「顔……」

　その言葉が、ふと椛の中にずっと埋もれていた問いを呼び覚ました。椛は彼の言葉を繰り返した。

「どうしたの？」

「いえ、あの……」

「うん？」

　椛はつい目を逸らす。けれど岩崎の促《うなが》すような視線を感じて、もしかしてこれはいい機会なのかもしれないと思い直した。これを逃《のが》したら、いつまた聞けるかわからない気がした。

唇を開くと、少し声が震えた。

「あの……岩崎様は、俺のどこを気に入ってくださって、選んでくださったのかとずっと思っていたんです。……顔、でしょうか？」

「え……」

岩崎が小さく戸惑《とまど》う気配が伝わってくる。

やっぱり唐突過ぎただろうか。答えづらい問いだったのだろうか？

（……どうして？）

急に不安になり、聞かなければよかった、と椛は思う。

岩崎の態度で、一喜一憂してしまう。これもまた傾城としてはまったく相応しくないのは、わかっているのだけれど。

（俺……本当は傾城には向いてないのかも）

椛はますますうつむいた。

「そうだね……」

と、岩崎は言った。

「運命を感じたからかな」

「運命……？」

椛は思わず顔を上げた。岩崎は微笑する。

「ああ。初めて椛を見たとき、そう思ったんだ。この子に出会ったのは、ぼくの運命なのかもしれないってね」

「岩崎様……」

（運命）

その言葉を、椛は胸の中で反芻《はんすう》する。

椛もまた、岩崎と出会えたことは、運命だと思っていた。岩崎も同じ気持ちでいてくれたのかと思うと、たまらなく嬉しい。

（運命って、特別だってことだよね？）

けれど椛は、素直にその喜びを噛みしめられなくなった。

（ああ……また遠くを見ていらっしゃる……？）

岩崎はいつもの、あの瞳をしていた。椛を見つめながらも、本当は椛の向こうに何か別のものを見ているような――それが椛の胸に小さく棘《とげ》を刺す。彼がそんな目をすると、椛は何故だか少し悲しくなるのだ。

（こんなに近くにいるのに……どうして？）

でも、それは一瞬のことで。

「岩崎様……」

問いかけようとした椛の顎《あご》を、彼の指が軽く持ち上げた。

開きかけた唇を塞《ふさ》がれる。やわらかさを感じても、しばらくは何が起こったのかわからなかった。そして理解した瞬間、全身がかあっと熱くなる。

（接吻《せっぷん》されてる……！）

椛は驚いて、身じろぎすることもできなかった。ただ鼓動だけが、心臓が破れそうなほど高鳴る。

（どうして……？）

何十回、いや何百回の登楼を重ねても、岩崎は今まで一度もこんなふうに椛にふれてくることはなかったのに。

（なのにどうして）

けれど啄《ついば》まれ、何度も角度を変えて合わされるうちに、戸惑いも溶けていく。椛はいつのまにか目を閉じていた。手にふれた彼のシャツを無意識に握り締め、されるがままになる。

気がつけば、椛は岩崎の腕に抱きとめられていた。

「あ……」

ほんの一瞬、意識まで飛んでいたのかもしれなかった。

岩崎に優しく覗き込まれ、椛は真っ赤になって顔を伏せる。頬が熱くてたまらなかった。

（接吻したんだ……）

禿の身で、なんてことをしてしまったのかと思う。なのに椛は、後悔も後ろめたさも感じてはいないのだった。

(どうしよう。でも、凄くしあわせ)

そう思ってしまう心を、どうしたらいいんだろう。接吻一つで、不安が塗り替えられてしまう。客に対してこんな気持ちになるなんて。

涙ぐみそうにさえなりながら、椛はそっと岩崎の胸に顔を伏せた。


岩崎に、何かいい贈り物はないだろうかと椛は考える。

(できれば、ほっと和んでもらえるようなもので……)

椛のささやかな蓄えでも買えるものでもなければならなかった。

そして考えながらも、ともすればふと先日の逢瀬《おうせ》のことを思い返してしまっている。

(……接吻したんだ)

唇を啄むだけの優しい接吻。岩崎のやわらかい唇の感触。

(それに運命だって言ってくれた)

――運命を感じたからかな

——運命……？

——ああ。初めて椛を見たとき、そう思ったんだ。この子に出会ったのは、ぼくの運命なのかもしれないってね……

思い出すと頬が熱くなり、ふわふわして何も手につかなくなる。

「椛……」

(岩崎様……)

「椛！」

大きな声で呼びかけられて、椛ははっと我《われ》に返った。

(いけない……)

藤野の本部屋の掃除をしていた最中だったのだ。

いつのまにか手が止まっていて、一緒に片づけていた同じ藤野付きの新造たちに軽く叱られてしまった。

「すみませんっ」

慌てて椛は再びハタキを動かしはじめる。

「まったく、このところちょっとおかしいんじゃねーの？」

と、新造の一人が言えば、もう一人が寄ってくる。

「恋煩《わずら》いとかじゃね？　よくぼうっとしてるしさ」

「こ……ち、違います……っ」

椛は慌てて否定したけれども、その言葉は椛の中に強く響いた。

(恋……？　岩崎様のこと？)

勿論、岩崎のことはただの客として以上に大切に思っている。大好きだと思う。彼が登楼してくれて、一緒にいるだけでふわふわとしたしあわせを感じる。接吻されたことも、嬉しかった。

この気持ちは、恋なのだろうか。

(いくら特別な人でも、岩崎様はお客様なのに……？)

椛は甘い戸惑いを覚える。

「お？　真っ赤になっちゃって」

新造たちが更に冷やかしてきた。

「違いますってばっ、岩崎様は……っ」

「やっぱ岩崎様のことを考えてたわけだ」

「……っ」

語るに落ちた感じだった。小突《こづ》いてくる二人に、椛はしどろもどろになって言い訳をしようとする。

「お……俺はただ……」

「ただ、何だよ？」

「何考えてたんだよ？」

白状しろとつつかれ、接吻されたことを言うわけにもいかず、椛は詰まる。そしてふと思いついた。

（そうだ……）

岩崎への贈り物について、彼らに相談してみたらどうだろう。話を逸らせるうえに、先輩として何かいい考えをあたえてくれるかもしれない。

「あの……実は」

椛は唇を開いた。

「もうすぐ岩崎様のお誕生日なんです」

だから何か贈り物をしたいのだと話すと、案《あん》の定《じょう》彼らは散々揶揄《からか》ってきたが、それでも一緒に考えてくれることにしたようだ。

「金がかからないっていうと、手づくりとか？」

「まあ定番だよな。花梨さんなんて、お客に手編みのセーター贈ったりしてるんだろ？凄い凝《こ》ったやつ」

「そうそう。名前の頭文字とか編み込んでさ」

その話は椛も聞いていた。手仕事がもともと得意な花梨は、編んだものを客に贈るばかりでなく、同朋《どうほう》たちに編みかたを教えたりもしているという。椛も一瞬習うことを考えたが、編み物のいろはも知らない状態で今からはじめるのでは、使用に耐えるものはおそらく出来上がらないのではないか。

「頭文字といえばさ」

ふいに新造の一人が言った。

「そういやおまえ、岩崎さんの下の名前って何ての？」

「岩崎光士郎《こうしろう》様ですけど……」

何故急にそんなことを、と椛は首を傾げながら答える。

「いや、長いつきあいなんだろ？　なのに下の名前で呼ばないな、と思ってさ。間夫《まぶ》ってほどじゃなくても、普通の客より親しい仲の相手は名前呼びする傾城って、割といるじゃん？」

「あ……それは岩崎様が」

ずいぶん前のことになるが、椛も同じことを岩崎に言ってみたことがあるのだ。名前で呼んでみたくて──そのほうが、近くなれるような気がして。

そのとき岩崎は言った。

──客のことを軽々しく名前で呼ぶような妓は、傾城としては軽すぎると思うよ。きちんと、礼儀正しくするほうがいい

「へえ……。普通は名前で呼んであげると、お客は喜ぶもんだけどねえ？」

椛が岩崎の科白《せりふ》を伝えると、新造たちは訝《いぶか》しむ。

椛の胸を、小さな不安が過《よ》ぎった。あのときは岩崎の言葉に納得したけれども、あらためて考えてみると少し不思議な感じはした。

（……俺に馴《な》れ馴《な》れしくされるのが、嫌……なのかな？）

まさか、と思う。岩崎は、あれほど椛を可愛がってくれる人なのに。

（岩崎様は、けじめをつけようとなさってるだけだ……）

そのけじめとは、客と娼妓とのあいだに垣根《かきね》を立てようとすることなのだと思えば、やはり寂しいけれども。

振り払うように、椛は言った。

「あ、あの……この頃、お仕事でお疲れのようだから、疲れを癒せるようなものがいいと思うんですけど……っ」

何かないかと訊《たず》ねれば、新造は首を捻《ひね》る。

「癒しねえ……」

「そりゃやっぱアレしかないんじゃないの？」

と、もう一人が言った。

「アレって？」

「からだでお慰めするんだよ。それが俺たちの仕事じゃん」

「な……何言って……っ、禿の身でそんな……っ」

椰揄われて、椛は真っ赤になる。そんなことになって、もし人に知られたらただでは済まないのに。

「いずれは水揚げだって岩崎様にしていただくんだろ。だったら、ちょっと早くなるだけじゃん。問題ないって」

「っていうか、実際はもう手がついちゃってんじゃねーの？」

「えっ……」

椛はつい狼狽《うろた》えてしまった。接吻だけでは、「手がついた」とは言わないだろう。けれどやはり思い出さずにはいられず、椛は真っ赤になった。

「あるんだ」

「ありませんっ……！　岩崎様はそんなかたじゃありません……！」

思わずむきになって声を荒げると、朋輩《ほうばい》たちは一斉《いっせい》に笑った。

「ま、そういうことにしといてやるけど？」

そして一頻《ひとしき》り椛を揶揄って飽きると、脱線ばかりする椛の相談に、新たな案を出してくれた。

「それ以外っていうと……藤野さんなんかは寝間《ねま》にお香焚《こうた》いたりしてるよな」

「ばか、藤野さんのは癒しなんかじゃないだろ。その逆の……」

意味ありげにくすくす笑う。椛にはその意味はあまりぴんと来なかったが、香りが心や身体を解《と》きほぐすのに効果があるという話は、ちらっと聞いたことがあった。

「お香……」

「癒しから性欲増進までいろんな種類のがあるらしいぜ。いろいろ混ぜ合わせて自分だけの香りを調合したりする人もいるとか」

なるほど、と椛は思った。そういえば昼間、藤野の部屋を掃除するとき、微かに香りが残っていることがある。そしてその香りは、毎回少しずつ違っていた。

（香り……）

時間はあまり残っていないが、勉強すれば自分なりの香りをつくることができるかもしれない。材料もそれほど高価ではないだろうし、吉原の中でも購入することができるだろう。

でも、わざわざ焚いたりするのは、その趣味のない人間にとっては面倒なのではないだろうか？

椛は少し躊躇うが、

「持ち歩けるやつもあるじゃん。匂い袋とか文香《ふみこう》とかさ」

そう教えられると、心が惹かれた。

匂い袋とは調合した香を西陣織《にしじんおり》などの小袋に入れたもので、文香は綺麗な和紙に包んでしおりのようにしたもののことを言う。

(岩崎様に持ち歩いていただけるかも……)

椛は自分が香りになって、岩崎の傍にいられるような錯覚を覚える。岩崎が椛の合わせた香りを持ち歩いてくれて、かぐたびに思い出してもらえるとしたら、凄く嬉しい。

(それに、新造出しのお礼とか、お祝いとかいうにはささやかすぎるけど、小さくてかさばらないから、気に入ってもらえなくてもとにかくあまり邪魔にはならないだろうし……)

不安なのは、手づくりの贈り物なんて安っぽいと思われないかどうかということだ。

ささやかなものとはいえ、藤野のように部屋に焚くくらいならともかく、わざわざ香を調合して贈るなんて、「高嶺の花」のやることだろうか？　一流の傾城には相応しくないのではないか……。

(でも……手製のものを贈るのは、花梨さんもやってることだし……)

花梨は今でもときどきお職を張ることもあるほどの人気だ。そういう傾城もしていることなら、椛がしても悪いことはないのではないだろうか。

(藤野さんに香のことを教えてもらって……)

椛がようやく心を決めかけたときだった。

「……椛」

風呂へ行っていた藤野が、本部屋へ戻ってきた。

椛の相談に乗りながら結果的にさぼっていた新造たちは、慌てて掃除をするふりをしはじめる。

藤野は濡れ髪を拭きながら、顔には昨夜の疲れをまだ濃く滲ませていた。

「髪を」

と言われ、椛は腰を下ろす藤野の後ろにまわった。傾城の髪を梳《と》かして乾かすのは、禿の仕事だ。

藤野はしどけなく羽織った襦袢の袂《たもと》から巾着《きんちゃく》を出して、新造たちに渡した。

「甘い物でも買ってきて。おまえたちのも一緒にいいから」

「はーい」

藤野から金子《きんす》を受け取って、彼らは髪部屋を出ていった。上の妓たちにお遣《つか》いをさせるのは申し訳ない気もしたけれど、椛が口を出せることでもない。

彼らを見送って、椛は藤野の髪を梳《と》かしはじめた。

「椛……」

二人だけになると、藤野は言った。

「岩崎さんのことだけど」

「はい……？」

「まさか本気で好きになったりしてないだろうね」

「えっ……」

藤野がそんなことを言ってくるとは夢にも思わず、椛はひどく狼狽えてしまった。絶句してすぐには答えることもできず、却《かえ》って語るに落ちた感じになる。

「お客に惚れるのは、やめておいたほうがいい。特にあの人は」

「っ……ど……どうしてですか……？」

椛は問い聞き返した。藤野はこの話をするために、人払《ひとばら》いのような真似をしたのだろうか。

「見込みがないからだよ」

「どうして……!?　岩崎様が岩崎家の御曹司だからですか？」

「そんなことは、どう……」

言いかけて、藤野は途中で口を噤んだ。

（……？）

椛は首を傾げる。

「……まあそういうことだね。あちらはいずれ、しかるべきところのお嬢様と結婚してしまうだろうから」

「……そんなこと」

椛は鏡の中の藤野から目を逸らした。

（わかってる）

考えても仕方のないことだから考えないようにしていたけれど、いくら特別扱いしてもらっているようではあっても、岩崎とは客と娼妓の関係であることに間違いはないのだ。子供の頃はわからなかったけれど、その意味が今はわかる。

新造出しも、水揚げも、岩崎がしてくれるかもしれない。それはとても幸運なことだけれど、でも、そのあとは？

椛は岩崎だけでなく、他の客も取らなければならない。そして岩崎は、岩崎財閥の家格《かかく》にふさわしい妻を娶《めと》るだろう。

「それに、もしかしたら今だって」

藤野が言葉を続け、椛ははっと顔を上げた。

「今……？」

「たとえば、おまえがよく見てる写真」

椛は岩崎が撮ってきてくれた写真を写真帳に貼《は》って、暇《ひま》があればしょっちゅう開いている。藤野はそのことを言っているようだった。

「よく高級料理店の料理やなんかが写っているよな」

「ええ」

「けどああいうところで、あの人がいつも一人で食事をしているとでも思ってるのか？」

「――……」

椛は藤野の言葉に愕然《がくぜん》とした。指摘されるまで、気づかなかったことだった。

吉原に来てからは勿論、娑婆《しゃば》にいた頃も貧乏だったから、椛は岩崎が外国で入るような店で食事をしたことはない。だから気づきもしなかったけれど、言われてみればああいう店は、女性と行くのが当たり前の店なのかもしれない。

写真に撮られていた美しく盛られた果物や、白鳥のかたちをしたシュークリームを、椛は思い出す。可愛らしさにただ喜んでいたけれども、岩崎が自分のためにあれを注文したと考えるより、一緒に女性がいたと考えるほうが自然なのではないか。

それでも椛は抵抗を試みる。

「……でも……お一人じゃなかったとしても、特別な仲のかたと一緒だったとは限らないじゃないですか……」

「たしかに……結婚を考えるような恋人かどうかはわからないけどな。もともとあちらにいたときには、ずいぶん浮き名を流してたって話だし」

「……それは……」

たしかに椛も小耳に挟んだことはあった。岩崎にはたくさんの遊び相手がいたらしいこと。

「でもそれはまだ向こうの支社にいらした頃の話で……昔のことで」

今は落ち着いているはずだと勝手に思っていた。

（……俺がいるからなんて、そこまで思い上がっていたわけじゃないけど……）

ましてや、椛とはまだからだを繋《つな》げてもいないのだ。

「わからないじゃないですか、今どうかなんてこと……！」

椛は声をあげてしまう。むきになって言い返そうとする椛を見て、藤野はため息をついた。

「ほんの子供の頃からあの人に可愛がられてきて、好きになってしまうのも無理はないのかもしれないけどな……岩崎様はお客様なんだ。本気になったら傷つくのはこっちなんだってこと……わからない歳じゃないだろ？」

「でも……っ、……でも岩崎様は……っ」

お客を好きになっても、そうそう上手くいくはずがない。それは廓の常識みたいなものではある。だけど中には、極々希《ごくごくまれ》なことではあるけれども相手にも愛されて、身請《みう》けしてもらえた妓だっていないわけではないのだ。いつか――もしかしたら岩崎だって、椛を身請けしてくれるかもしれない。

（だけどそのときにはきっと、彼を、彼の妻と共有しなければならない）

それはしあわせと呼べるのだろうか？

「でもっ……」

振り払うように椛は叫んだ。

「岩崎様は俺を可愛がってくださるし、出会ったのは運命だって言ってくれました……!」

椛が思わず発した言葉に、藤野はめずらしく絶句した。鏡の中に、目を見開いた藤野の顔が映る。

藤野が何か言おうと唇を開きかけたときだった。

「ただいま……!」

ばたばたと足音がしたかと思うと、本部屋の襖が賑《にぎ》やかに開かれた。お遣いに行っていた新造たちが帰ってきたのだった。

「……っ」

その脇をすり抜け、椛は部屋を飛び出した。

——ほんの子供の頃からあの人に可愛がられてきて、好きになってしまうのも無理はないのかもしれないけど

藤野の言葉がぐるぐると頭を巡《めぐ》る。

——岩崎様はお客様なんだ。本気になったら傷つくのはこっちなんだってこと……わからない歳じゃないだろ?

(でも、俺は岩崎様を信じてるし……!)

けれど何をどう信じているというのだろう。運命だと言ってくれたことを？

自分でも、よくわからなかった。

【2】

翌月になってすぐ行われた新造出しは、岩崎《いわさき》の尽力《じんりょく》で、椛《もみじ》が想像していたよりずっと贅《ぜい》を尽《つ》くしたものになった。

——これほどのものは初めてですよ

と、鷹村《たかむら》でさえなかば呆れていたほどの、新造出しとしては花降楼はじまって以来の華やかさだったらしい。まだ来年には水揚げもすぐ控えているし、新造出しでそこまですることはないのに、と。

けれど岩崎は、

——でも、椛の初めてのお祝いだからね

と言ってくれた。

皆に散々冷やかされ、羨《うらや》まれて、椛は岩崎に感謝せずにはいられなかった。

すべての儀式が終わり、ようやく座敷で岩崎と二人きりになる。

「疲れただろう？　ぼくも早く帰るから、ゆっくり休むといい」

と、岩崎は労《いたわ》ってくれるけれども。

「ありがとうございます。でも大丈夫です」

たしかにひどく疲れたが、岩崎には帰って欲しくなかった。いつもどおりゆっくり、できればいつもよりもっと遅くまでいて欲しいくらいだった。

「今日は本当にありがとうございました」

一生懸命取り澄《す》まして言いながら、椛は手をついて頭を下げた。

「もういいよ。何度も言ってもらったし」

と、岩崎は苦笑する。

椛はまだ足りないような気がしてもどかしいほどだったが、あまり言葉にしすぎても安っぽいかもしれないと思い、自粛《じしゅく》することにした。

(それに……差し上げたいものもあるし)

懐《ふところ》には、文香を用意してある。思えば、椛から岩崎に何かを贈るのは、これが初めてのことだった。

(っていうか、もっとずっと小さい頃には、似顔絵を描いてあげたりしたこともあったんだけど……)

思い出すと顔から火が出そうになるので、そのことは心の中に封印《ふういん》だ。

あれから、椛は香のことをだいぶ頑張って一人で勉強したのだった。本当は藤野《ふじの》に聞きたかったが、ああいうふうに言われてしまった以上、聞けなかった。

それでも藤野は、

――ほどほどにしておけよ
と言いながら、本を差し入れてくれたのだけれど。

椛はそれを参考にしながら、癒しや疲労回復、気分転換にいいと言われる香を買ってきては、何度も調合してみる。すっかり小遣いがなくなってしまうまで、試行錯誤を繰り返した。

（……と言っても、こんなの似顔絵とたいして変わらない、ささやかすぎるくらいのものなんだけど……）

豪華な新造出しのお礼になるとも思えない。岩崎が喜んでくれるという自信も持てなかった。

（でも……もし、少しでも喜んでくださったら）

椛なら、岩崎が自分のために何かつくってくれたりしたら、きっと凄く嬉しいだろう。

娑婆にいた頃は貧乏で、あまりものを買えなかったが、母親はかわりに何でも手づくりしてくれた。決して見栄《みば》えのいい出来ではなく、友達に馬鹿にされることも多かったが、あたたかい感じがして椛は好きだった。

（だけど岩崎様は……）

椛とはまるで違う、良家で何不自由なく育った人だ。そういうささやかな品を喜んでくれるものかどうか。

（でも、もし——もしも気に入ってくださったら、身につけて持ち歩いてくださるかもしれない）

匂い袋より文香を選んだのは、そのほうが男性には携帯しやすいのではないかと思ったからだ。

彼が持ち歩いてくれたら、どんなに嬉しいか知れなかった。

今はこんなものしかあげられないけれど、一本立ちしたら自分の稼《かせ》ぎで、もっとちゃんとした贈り物をしたい。そんなことを思うのは、客に貢がれて当然の傾城としては間違ってるのかもしれないけれど。

椛は胸にそっと手を押し当てる。

「あ……っ」

そして思わず小さく声をたてた。懐に入れてきたはずの文香の感触がなかったからだった。

一日忙しくしているうちに、忍《しの》ばせたつもりで忘れていたらしい。

（ちゃんと用意したはずだったのに……）

自分の間抜けぶりに、椛は呆然《ぼうぜん》とした。

「どうしたの？」

岩崎が問いかけてくる。

「いっ、いえ、あの……っ」

とにかく取りに戻らなければ、と思う。椛は立ち上がった。

「椛……？」

「あの……っ、お酒か何かお持ちしますね……！」

本当のことを口にするのは恥ずかしくて、椛はとっさに思いついた口実を口にする。

「すぐに戻りますから……！」

そして怪訝そうな顔をする岩崎を残し、座敷を飛び出した。

（ばか、ばか）

つまらない失敗に、顔が火照《ほて》る。心の中で自分を罵《ののし》りながら、やはり部屋に置き放してあった文香を手に、小走りに戻る。

だが椛は、庭を囲む廻り廊下の途中で、ふと足を止めた。

ある座敷の傍を通りかかったとき、自分の名前が聞こえてきたからだった。

（……俺の話……？）

「可愛かったなあ、椛ちゃんの新造姿」

そういえば今この座敷にいるのは藤野のはずだった。登楼しているのは、藤野の客の中ではずいぶん長く続いている上客の諏訪《すわ》で、椛も禿の頃からよく知っている。今日は先刻、新造として初めての挨拶もしたところだった。

「残念。あの妓の新造出しなら俺が見てやってもいいと思ってたのに」

(諏訪様)

ありがたい話だが、岩崎がいる以上、他の男の出る幕はない。そう思う椛と同じことを、藤野が言った。

「あんたの出る幕なんてあるわけないでしょう。岩崎様がついてるんだから」

「まーね。でもおまえはそれが不満なんだろ?」

藤野がそれを肯定《こうてい》するように黙る。

このあいだのことか、と椛は思った。

――岩崎様はお客様なんだ。本気になったら傷つくのはこっちなんだってこと……わからない歳じゃないだろ
藤野が心配してくれているのはありがたいと思うけれども、

(でも……俺は岩崎様を信じてるから)

それに岩崎のことは勿論とても大切に思っているけれど、本気とか恋とか、まだよくわからないのだ。

椛は立ち去ろうとした。

けれど聞こえてきた会話の続きが、椛の足を止めさせる。

「いったい何が不満なんだか。幸運な妓じゃねーの。岩崎財閥の御曹司に後援してもらえるなんてさ？」

「まあ……ただ贔屓《ひいき》にしてもらってるってだけならね。でも、あれは」

「あれは？」

傾城と客との会話を立ち聞きするなど、いけないことに違いなかった。こんなことを岩崎に知られたら、ますます失望されるだろう。けれど藤野が自分のこと――自分と岩崎のことで、何か重要なことを言おうとしている気がして、その場を離れられなくなる。藤野の言葉に、どこか不穏《ふおん》な響きを感じ取ったからかもしれなかった。

促され、藤野は続ける。

「要するに身代わりってことだから」

（身……代わり……？）

それはどういう意味なのだろう。

（身代わりって、俺が？　一体誰の……？）

椛の疑問は、諏訪の疑問でもあったようだ。

「身代わりって誰の」

「昔ここにいた妓……。あんたの知らない妓ですよ。あんたが登楼《あが》るようになった頃には、もう見世にはいなかったし」

「ふうん？　なんて妓？」

「……蜻蛉《かげろう》」

（蜻蛉……？）

その名には、聞き覚えがあった。

（たしか……そう、昔この見世で、しょっちゅうお職を張ってたほどの売れっ妓だったとか……）

椛が買われてきた頃には、蜻蛉は既《すで》に見世にはいなかった。けれどそれでも当時はちらちらと話題に上り、会ったこともない椛でさえ名前だけは知っているような存在だったのだ。もう一人の、やはり売れっ妓だった傾城とともに、双璧と呼ばれていたとも聞いたことがあった。

（どんな綺麗な人だったんだろう）

今の花降楼には、そんなふうに特別な呼ばれかたをする傾城はいない。

（俺がその人の身代わり……？）

どうしてそういうことになるのか、椛にはさっぱりわからなかった。

「たしかに知らねーな」

と、諏訪は言った。

「美人だった？」

「顔だけはね」

「おまえより？」

「どう思います？」

「おまえより綺麗な妓なんて、この世にはいないって」

「わかっていればよろしい」

本気なのか冗談なのかわからないような応酬《おうしゅう》のあと、話は蜻蛉のところへ戻る。

「……とはいうものの、蜻蛉は実際、人形のように整った顔をしてたんですけどね。怖いくらいの美貌っていうのは、ああいうのを言うんだと思ったし……本当に、顔がいいっていうそれだけでお職を張ってるみたいな妓だったんですよ。嫌々《いやいや》仕事してるのが見え見えで、なのに売れっ妓で、お客様にも同僚にも愛想はないし、俺は嫌いでしたけど」

「要するにやっかんでたわけ……痛っ」

藤野に抓《つね》られたのか、諏訪が声をあげた。

「椛も一度は会ってるはずなんですけど……でも覚えてはいないでしょうね。ほんの子供の頃のことだから」

（え……？）

藤野の言葉に、椛は少し驚いた。

（……会ったこと、ある……？）

そしてそれをきっかけに、ふいに記憶の底から浮かび上がってきた面影がある。

藤野の言ったとおり、椛は一度だけ蜻蛉に会ったことがあったのだ。さすがにこの頃ではほとんど蜻蛉のことが話題に出ることもなくなったせいか、思い出したこともなかったけれど。

当時、椛は禿になったばかりで、仕える傾城さえまだ決まってはいなかった。

（そんな頃、別れの宴があって）

一度は大門を出たはずの傾城が、吉原へ戻ってきたのだ。

来たばかりで、ものを知らなかった椛にはよくわからないことだったが、一度大門の外に出た傾城が、戻って別れの宴をやり直す、などということは、前代未聞《ぜんだいみもん》の事件だった。

そのときの傾城の名が、たしか蜻蛉――

子供の頃に一度見ただけの蜻蛉の顔が、蓮《はす》の花が開くように椛の脳裏《のうり》に蘇《よみがえ》ってきた。

（……たしかに凄く綺麗な人だった……）

陶器《とうき》のような白い顔に、切れ長で大きな黒い瞳。影を落とす長い睫毛。艶《つや》やかでまっすぐな黒髪……美妓揃いの花降楼でも、あれほどの美貌の傾城を見たのは、後にも先にもあれきりだった。

――男でも、こんな綺麗な人っているんですねそのとき自分が呟いた科白まで、一緒に思い出す。

「そりゃ見てみたかったね。写真とかない……痛っ」

言いかけた諏訪が、また小さく呻《うめ》く。

「椛は、その妓に似てるんですよ。性格のほうは全然ですけど、顔がね」

「へえ……椛ちゃん、可愛いもんな。まだ幼い感じだけど、将来が楽しみっていうか――痛いって！」

「……たしかに蜻蛉に顔が似てるなんて、色子としては幸運なことなんですけどね。売れっ妓になるのは約束されたようなものだし、禿のうちから岩崎さんみたいな上客に面倒見てもらえて将来は安泰《あんたい》……」

藤野はため息をついた。

「でも藤野には、それがしあわせなことだと思えないわけだ。……美貌の蜻蛉に未だご執《しゅう》心《しん》の岩崎の御曹司が、椛ちゃんにその面影を重ねてるから」

もう、なかば察していたこととはいえ、はっきりそう言葉にされて、椛はひどい眩暈《めまい》を覚えた。

（身代わり――俺に蜻蛉の面影を重ねて）

藤野が岩崎とのことに反対した本当の理由は、もしかしてそのことだったのだろうか。

客に恋をして捨てられるだけの話なら、花街《はなまち》にはそれこそ掃《は》いて捨てるほどある。藤野からすれば、敢えて忠告するほどのことでもなかっただろう。けれど椛が、相手に自分自身としてさえ見てもらうことができないとするなら。

「仕事として割り切れるんなら、たしかに幸運なことでしょうよ。でもたぶん椛には無理でしょうね。――それに、それだけじゃなくて……」

「うん？」

「岩崎さんを見ていると……なんだかまるで、椛を蜻蛉そっくりに育て上げようとでもしているみたいな気がして」

「――なるほど」

諏訪はくすりと笑った。

「光源氏の若紫《わかむらさき》計画ってわけか」

（若紫……）

椛は源氏物語をそれほどきちんと読んだことはなかったが、あらすじだけは知っていた。光源氏は、初恋の人によく似た幼い紫の上を引き取って、自分の好みどおりに育て上げようとしたのだ。

「まったく、悪趣味なことと言ったら」

「男の憧れだろ？」

不快そうな藤野に対し、諏訪は脳天気に言った。

「それにしてもずいぶん思い入れたもんだね。それほど執着するなんて、本当によっぽど綺麗な妓だったんだな、その蜻蛉ってのは」

「手ひどく裏切られたから却って……ってこともあるんでしょうよ」

「裏切られた？」

「もともとは岩崎様が身請けすることになっていて、話もすっかり決まってたそうですよ。なのに直前になって他の男とね」

（身請け）

椛は、廊下の欄干《らんかん》に摑《つか》まり、ふらつくからだを支えようとした。

（岩崎様は、その人を身請けするつもりだったんだ……）

娼妓にとっても客にとっても、身請けというのは特別なことだ。ただ贔屓にしたり通い詰めたりするのとはわけが違う。よほど真剣な気持ちがなければ、身請けしようなどとは思わない。

（岩崎様は、本当にその人のことを愛していたんだ）

（俺はただその人に似てたから）

頭がぐらぐらして、心臓が押し潰《つぶ》されるように痛くなる。

椛はただその場から逃げ出したくて、よろよろと後《あと》ずさった。おぼつかない足取りで、二歩、三歩下がる。

その瞬間、足許が消えた。

「あっ――」

庭へ降りる階段を踏み外したのだった。

椛はそのまま転がり落ちていた。


気がついたのは、煌《きら》びやかな座敷や傾城たちの本部屋などとはまるで雰囲気の違う、うら寂《さび》れた感じのする部屋だった。

どことなく見覚えのある気がしながら、椛は周囲を見回した。

「ここは……？」

「鳥屋《とや》ですよ」

問いかけに答えたのは、鷹村だった。彼は桶《おけ》と手拭《てぬぐ》いを持って、部屋に入ってきた。

鳥屋とは、見世で病人や怪我人が出たとき、休ませるための部屋だ。色子として一本立ちすれば、伝染《うつ》るようなものでないかぎりそれぞれの部屋で床《とこ》につくことになるが、禿や新造はまだ個人の部屋を持たない。

椛は寝付くほどの病気になったことがこれまでなかったが、同僚の禿が風邪で寝込んだときには、こっそり見舞いに来たことがあった。朧《おぼろ》に覚えているのはそのせいだろうか。

(俺……)

「──額を強く打って、気を失っていたんですよ」

と、鷹村は言った。

「まったく……色子になろうという身の上で、顔から落ちるなんて……幸いたいした傷ではないようですが、もし痕《あと》でも残ったらどうするつもりだったんです」

枕許《まくらもと》に座る鷹村の顔をぼんやりと見つめながら、気を失う前に起こったことを、椛は思い出す。

──椛はその妓に似てるんですよ。性格のほうは全然ですけど、顔がね

藤野と諏訪の会話が、耳に蘇った。

──藤野には、それがしあわせなことだと思えないわけだ。……美貌の蜻蛉に未だご執心の岩崎の御曹司が、椛ちゃんにその面影を重ねてるから

(ああ……)

長年、椛のどこを気に入ってくれたのかを聞けないままになっていたのは、聞かないほうがいいという予感を感じていたからなのだろうか。

──岩崎さんを見ていると……なんだかまるで、椛を蜻蛉そっくりに育て上げようとでもしているみたいな気がして

藤野の言葉に、思い当たることはいくらでもあった。

岩崎は、椛を傾城として一流に育てようとしてくれているのだと思っていた。だがよく考えてみれば、少し違うと感じることは何度もあったのだ。

たとえば、いくら高嶺の花であるべきとはいえ、客に対して笑顔を見せない、嬉しがらせも言わないなどということが、傾城にとって本当に一番いいやりかたなのかどうか。客を呼ぶ呼び方にさえきちんと隔《へだ》てを置いて、名字《みようじ》に様をつける以外はしない、などということが？

けれど岩崎は椛にそれをさせようとした。一流の傾城にするためというより、おそらく蜻蛉がそういう傾城だったからだ。椛を、より蜻蛉に近づけるために。

（なのに俺は）

岩崎がそれだけ椛に期待してくれているからだと思っていたのだ。

自分の馬鹿さ加減に涙が出そうだった。

椛は思わず顔を両手で覆《おお》った。

これで冷やすようにと、鷹村が絞《しぼ》った手拭いを手渡してくれる。それを目許に押し当てながら、蜻蛉に似ているというこの顔が変わるなら、傷が残ってもよかったのかもしれないのに、と思った。

「他に痛むところは？」

だがそんなことを口にしても、どうにもなりはしない。椛は小さく首を振った。

「……岩崎様は……？」

「怪我を理由に、今日のところはお帰りいただこうとしましたが、心配だから意識が戻るまで待つとおっしゃって、まだお座敷に」

「そうですか……」

岩崎が心配してくれているのは嬉しい。

（胸が痛い）

（……だけど、それは誰のことを心配しているんだろう？）

彼がときおり見せる、遠くを見るような瞳を思い出す。あれは椛の上に蜻蛉の面影を重ね、椛を通して蜻蛉を見ていたからに違いなかった。

「どうします？　岩崎様に会いますか？」

「……」

椛は反射的に、頭を左右に振った。すべてを知ってしまったあとで、会ってどんな顔をしたらいいか、わからなかった。会いたくなかった。

「では、帰っていただきましょう」

鷹村の言葉に、椛は息をついた。上客である岩崎に会わないのは、椛の我儘《わがまま》だ。鷹村がそれを聞いてくれたことに、ほっとした。

「おまえ……」

低く、彼は切りだした。

「諏訪様と藤野の話を聞いたんですね。……蜻蛉のことを」

「……」

椛は頷《うなず》いた。胸が押し潰《つぶ》されるように苦しかった。

(立ち聞きなんかしなければよかった)

岩崎と自分の話だと思って足を止めたりしなければ、何も知らずに済んだのに。

(何も知らないままで岩崎様に可愛がられて……たとえ蜻蛉の身代わりだとしても)

そのほうが、よかった？

「……その人の写真、ありますか……？」

見るのが怖いと思いながらも、やはり見てみずにはいられなかった。岩崎の愛した、自分に似ているという傾城の顔を。

鷹村はため息をつく。椛がそう言い出すことを、予測していたのだろうか。鷹村は一冊の本のようなものを手渡してきた。

「……？」

「昔の写真帳です」

客が敵娼《あいかた》を選ぶときに使う、色子たちの写真を集めたものだ。椛はそろそろと身を起こし、開かれた頁《ページ》に目を落とす。

一目見て、それが蜻蛉だとわかってしまった。

（蜻蛉……）

その姿が、頭の中にあった面影と重なっていく。

蜻蛉は仕掛けを纏い、艶《あで》やかに着飾った姿で立っていた。

その肩に流れる、ぬばたまの……という言葉がぴったりと当てはまるほどのまっすぐな漆黒《しっこく》の髪に、切れ長の黒い瞳。長い睫毛が白い頬に影を落とす。細く通った鼻筋、薄くかたちのいい唇。

（お人形みたい……）

すべてのバランスが整い、左右対称で、崩れたところがない。白い肌と相《あい》まって、陶器でできた人形を思わせた。

「……俺、この人に似てますか……？」

自分では、さほど似てるとは思わない。

（こんなに綺麗じゃない）

幼さもあるのだろう。けれどまずしっとりと艶やかな重みのようなものが足りなかった。

そしておそらく、岩崎もまた、椛にそれを加えたくて苦心していたのだ。

「顔立ちはね」

同じ物足りなさを感じるのか、それとも顔以外は似ていないという意味か、鷹村は言った。

「……あまり仕事熱心じゃなかった、って……」

「ええ、まあ」

「……どんな人だったんですか……？」

岩崎をそんなにも惹《ひ》きつけた人のことが知りたかった。知れば知るほど辛くなることはわかっていたけれども――それでも。

「聞いてたでしょうけど……まあ、とにかく綺麗な妓でしたよ。それだけで売れっ妓になって、そのことに胡座をかいていたと言ってもいいでしょうね」

と、鷹村は言った。

「もとはそれなりの家柄の出だったということもあって、お姫様、なんて綽名《あだな》で呼ばれて、でもたしかにそんな感じの妓ではありましたよ。立ち居振る舞いになんとなく品があって、それが容姿の美しさと相まって独特の雰囲気をつくりだしていました。でも仕事の上ではかなりの問題児で、あのお客様も嫌、このお客様も嫌と振ってばかりで、我が儘だしサービス精神もないし……働かせるのが大変だったことと言ったら」

藤野たちの話のとおり、鷹村は相当蜻蛉には苦労させられたようだ。

「……でも、そういうのが、ある種のお客様にとってはたまらない魅力だったんでしょうね。あの妓のお客様はみんな、あの妓のほんのわずかな笑顔だけでも見たくて通っていらっしゃるようなところがありました。岩崎様もずいぶんご執心《しゅうしん》で……」

椛の中で、蜻蛉の姿が像を結んでくる。

そして高慢で美しい高嶺の花に、岩崎がどんなに夢中だったか。

——それがたまに微笑うからいいんだ

つまり岩崎にとっては、椛のように、大好きな人を見るといつでも思わずこぼれてしまう笑顔などは、まったく価値のないものだったということだ。

笑ってしまいそうだった。

「……蜻蛉のほうも……まんざらではなかったんでしょう。お客様を振ってばかりだったあの妓も岩崎様のお座敷はあまり嫌がることがなかったし、一時は身請けを了承《りょうしょう》していたんですから」

「……なのにどうして、裏切ったんですか？」

それほどまでに岩崎に愛されていた蜻蛉への嫉妬《しっと》と苛立《いらだ》ちから、椛はどうしてもきつい言葉を選んでしまう。

「ほかに好きな相手がいたから……という他ないでしょうね」

「ああ……」

その相手のほうも、椛は微《かす》かに覚えていた。件《くだん》の宴のときに、一度だけ同席したことがあったはずだった。もう顔も朧《おぼろ》になってしまったけれど、男なのに不思議な華やかさのある人で、椛の頭をやさしく撫でてくれた。

あれが蜻蛉の好きな相手で、彼のために蜻蛉は岩崎を振ったのだ。

(だから岩崎様は、俺をかわりにしようとした)

じわりと目の裏が熱くなる。

選ばれて嬉しかった。気に入ってくれたのが容姿でも、どんなささいなことでもいいと思っていた。

(それが俺自身の何かだったら……!)

だが岩崎の気に入ってくれた容姿とは、椛自身のものというより「蜻蛉に似た顔」に過ぎなかったのだ。

岩崎が椛に向けるどこか懐かしむような、愛《いと》おしむような視線もまた、椛自身に向けられたものではなかった。

(遠くを見てるような——と、よく思ったものだけど)

そんなとき彼は、椛を通して蜻蛉を見つめていたのだ。

——運命を感じたからかな
(って言ってくれたのも、凄く嬉しかったけど)

——初めて椛を見たとき、そう思ったんだ。この子に出会ったのは、ぼくの運命なのかもしれないってね……

糀にとって岩崎が特別であるように、岩崎もまた糀を特別に思ってくれているのだと思った。でも違った。

(あれは「蜻蛉に似た子」に出会ったのが運命だってことだったんだ)

思えば岩崎は、出会ったのが運命だとは言ってくれたけど、糀のことを運命の人だとか、一目惚れ《ひとめぼ》れだったとか、言ってくれたわけではなかったのだ。

(なのに勝手にいいほうに解釈して)

キスされて有頂天《うちょうてん》になっていた。

(なんて馬鹿な……!)

糀は手拭いで目許を押さえたまま、耐えきれずに声をあげて泣いた。

(岩崎様……)

そして糀は、今まで何度も同朋たちに揶揄われ、藤野に問われてもわからなかった——怖くて認められなかった自分の心を、見つめないわけにはいかなかった。

お客様としてとても大切で、兄のようにも慕《した》っていたはずの岩崎への気持ちが、いつのまにか、恋に変わっていたこと。

(岩崎様が好きだ。——でも、もう……)

「……糀」

じっと傍に座っていた鷹村が、やがて静かに唇を開いた。

「気持ちはわかりますよ。……けれど岩崎様はお客様。どういうおつもりで見世に登楼《あが》ろうと自由です。おまえを蜻蛉の身代わりと考えていようと、十分な花代を払っていただいている限りは、岩崎様に罪はない」

「……っ……」

鷹村の言葉は、たしかに真実ではあった。

椛が岩崎のことを特別に思っていただけで、彼との関係は、客と娼妓であるに過ぎない。椛はまだ一本立ちしてはいないが、立場としては同じことだ。客が娼妓をどんなつもりで揚《あ》げようが、責める筋合いではない。ましてや岩崎は、椛にこのうえない後援をあたえてくれているのだ。娼妓にとって、これほどありがたい客はいない。

そもそも廓は疑似《ぎじ》恋愛を売るところなのだ。娼妓が客に本気になることほど愚《おろ》かなことはない。

けれどそう納得すればするほど、涙が零れてくる。理性では理解できても、感情がついていかない。

（だからって、色子はこんなことにまで耐えなければならないものなんだろうか。客は花代さえ払えば何をしてもいい？）

だとしたら、色子の心はどこにあるんだろう。

椛はまたしゃくりあげる。
鷹村は小さくため息をつき、立ち上がった。
「……とにかく、今夜はここで休んで、しばらくゆっくり考えなさい」
襖を静かに開《あ》け閉《た》てし、鷹村が鳥屋を出ていく。
一人になった途端、ぎりぎりでまだ堪《こら》えていた嗚咽《おえつ》が溢《あふ》れた。
椛は手拭いで目許を覆ったまま、声をあげて泣き続けた。

【3】


「今日もだめって、どういうことなんだ？」

新造出しの日、結局椛《もみじ》には会わせてもらえないまま帰宅して以来、岩崎《いわさき》が何度電話で登楼の予約を入れようとしても、見世は受けつけなかった。

「ですから、前から申し上げているとおり、椛は顔に怪我をしておりますので、治るまではお客様の前に出すわけにはいかないんです」

鷹村《たかむら》は同じ科白を繰り返すばかりだ。

「……よほどひどいのか」

「ささいな傷でもです」

いずれは色子になるという仕事の性質上、その言葉に納得できないわけではない。だが、あれからもう一週間以上たつのだ。どれほどの大怪我なのか、心配せずにはいられなかった。

（廊下から庭に落ちたって話だけど）

庭の石で頭でも打ったのではないだろうか。顔に傷ができたというだけでなく、ずいぶんひどい怪我をしたのだったら――もしかして、実は意識さえ戻っていなかったりしたら。疑うと、ぞっとした。

「とにかく、今日という今日は会わせてもらうよ。今、もう車で吉原《よしわら》へ向かってるんだ」

「せっかくですが……来ていただいても、登楼っていただくわけにはまいりません」

「鷹村……!」

岩崎は思わず声を荒げた。

「いつになったら会えるんだ」

「傷が治るまでは無理です」

「だからいつ……!」

詰問《きつもん》しても、はかばかしい答えは返らない。電話の向こうの冷たい沈黙を感じて、岩崎は気を取り直そうとした。

「……他の男ならともかく、ぼくは別のはずだろう。子供の頃から椛の面倒を見てきたんだ。おたふく風邪にかかった顔だって見たことがあるんだからね。今さら顔に多少の傷があったくらいで、見苦しく思ったりしないのはわかってるだろ」

「……そうでしょうか？　どんなに椛が以前と変わっていたとしても？」

「え……っ？」

鷹村はどういう意味で言っているのだろう。顔がまったく変わってしまうほど、椛の怪我はひどいのだろうか？

胸に沸《わ》き起こる不安に、言葉が出てこなくなる。黙り込むと、電話の向こうから、鷹村のため息が微かに聞こえた。

「……ともかく、どんなに長くおつきあいさせていただいていても、お客様にはかかわりありませんから」

ぴしゃりと一線を引かれた感じがした。

それに愕然《がくぜん》としながらも、岩崎は追い縋《すが》る。

「じゃあせめて、椛を電話に出してくれ」

「できません」

「どうして……⁉　まさか喋《しゃべ》ることもできないほど悪いのか？」

「椛がお話ししたがっていないからです」

「は……⁉」

思わず声をあげてしまう。何を言われたのか、すぐには理解できないほどだった。

「鷹……」

「それでは、お客様が見えられたようなので、失礼させていただきます」

どういう意味なのか問い詰めようとした途端、そう言って電話を切られた。

「っ……」

岩崎は携帯を投げ、頭を抱えた。

(椛が話したがらないだって?)

そんなことは、とても信じられなかった。椛はいつも、岩崎が登楼すれば目を輝かせ、仔犬のように嬉しそうな笑顔を見せたのだ。そう——傾城のたまごとしては、少し無邪気に過ぎるほど。

(なのに、話をするのを嫌がるなんて)

ありえない。鷹村が嘘をついているか……けれどそんなことをしても、見世には何の利益もないだろうに。

(だとしたら、話をするのも嫌になるほど怪我がひどいのか……?)

いや、それもないはずだ、と思う。喋ることもできないほど悪いのか、という問いを、鷹村は肯定《こうてい》しなかったからだ。考えられるとしたら、具合が悪いというより、傷が残ったことで塞《ふさ》ぎ込んでいる、という線か。

(それとも……椛が本当に、ぼくと話すこと自体を嫌がってるとしたら?)

いくら顔に怪我をしたと言っても、一週間以上も会おうとしないうえに、電話にも出ないのは、ひどく不自然ではあるのだ。

漠然《ばくぜん》とした不安が募る。

（まさか怪我というのは口実で、他に男ができたとか）

　ふとそう考えて、ばかばかしい、とすぐに否定する。他に椛に目をつけた男がいたとしても、何年も手塩《てしお》にかけてきた椛が簡単に心変わりするはずがない。それに見世にしても、両天秤《りょうてんびん》にかければいいだけのことで、岩崎を排除《はいじょ》しようとする理由がないだろう。

（でも、もし椛が少しでも他の男に靡《なび》くようなことでもあれば――）

　ゆるさないけれど。

　そう思って失笑する。そんなことはありえない、ありえないことを考えても仕方がない、と。

（椛に会いたい）

　重傷であるのならなおさらだった。人前にも出られないほど、人相が変わるほどの大怪我をしたのかもしれないと思うと、心配でしかたなかった。一刻も早く会って、安心したかった。

（まさか……命にかかわるなんてことはないだろうけど）

　それならいくら何でも鷹村が教えてくれるだろうとは思うものの、彼の食えない顔を思い出せば、やはりこの目で見るまでは完全には信じられない。

　とはいえあのようすでは、表から押しかけていっても、入れてもらえるとも思えなかった。

（どうすれば……）

「……どうします？　お屋敷のほうへ戻りましょうか」

やりとりを聞いていたらしい運転手が、行き先の変更を提案してくる。たしかに、行っても入れてもらえなければ、無駄足に終わることになる。

「……いや。このまま吉原へやってくれ」

諦めきれず、岩崎はそう答えていた。

*

新造出しの翌日から、毎日のように岩崎からの登楼の申し入れはあった。

椛はそれを、傷を理由に断り続ける。

岩崎のような上客を拒《こば》むような真似は、本来ゆるされないはずだった。鷹村が眉を顰《ひそ》めながらも一応目を瞑《つぶ》ってくれているのは、傷のことはもとより、もともと椛が一人前に客を取れるはずの立場ではないことと、――やはり多少は同情してくれてもいるからだろうか。

だが、それももう限界に近づいている。

岩崎を断っておきながら他の座敷に名代に入るわけにもいかず、椛が休んでいることで、藤野の仕事にも支障が出はじめていた。

（顔も治ってきたし……）

出血が止まったあとも濃い赤紫色に腫《は》れていた傷跡は、ようやく塞がって薄桃色になっている。もう化粧品を使えば、巧《うま》く隠すことができるだろう。口実にも使えなくなる。

（それとも前髪を下ろして隠すか……）

「前髪を切る……」

椛は呟いた。脳裏には、先日見た蜻蛉《かげろう》の写真が浮かんでいた。黒髪を真ん中分けにした、大人びた美貌。

前髪を切れば今よりもっと子供っぽくなり、あの写真の顔から雰囲気が遠のくだろう。

（岩崎様の理想から）

それは望ましいことのはずなのに、椛には決心がつかない。

——これ以上先延《さきの》ばしにしていても仕方がないでしょう
と、鷹村は言う。

——それとも……このまま岩崎様を振るとでも言うつもりですか
そんなことがゆるされるはずもなかった。

（どうせ登楼っていただくしかないのなら、俺さえ目を瞑って忘れてしまえば）

そうしたらもとどおりになる。岩崎は椛が知ってしまったことを、知らないのだから。

（でも）

こんな痛みを、どうしたら忘れてしまえるのだろう。忘れたふりをすることさえできる気がしなかった。もとどおりに振る舞うことも、前と同じように岩崎を慕い、甘えることも、きっとできない。

（お会いしたくない）

岩崎に会いたくないと思う日が来るなんて、考えたこともなかったのに。

遅い時間、重い足取りで新造の大部屋を出る。

宴の終わったあとの座敷を片づけるのが、人前に出られない今の椛のせめてもの仕事だった。

椛は空いた皿や銚子を盆に乗せて、厨房と座敷とを往復した。

夜が更ける頃には、客はそれぞれの敵娼の寝床へ上がり、このあたりにはほとんど人気はなくなる。顔を見られる心配も、あまりしなくて済んだ。

そして何度目かに盆を抱えて座敷を出ようとしたときだった。

「……っ……！」

ふいに後ろから、てのひらで口を塞がれた。

椛は驚いて息を呑み、手にした盆を落としそうになる。それを後ろの男が、もう片方の手で支えてくれた。

「椛」

名前を呼ばれて、すぐにその男が誰か、椛にはわかってしまった。そして椛がわかったことが、その男にもわかったようだった。

「声を立てないで。……いいね」

椛は頷く。口を塞いでいた手が離れ、椛はようやく振り向いて、男の顔を見ることができた。

「岩崎様……」

思わずその名を呟きながら、この呼びかたさえ蜻蛉のものなのだ、と椛は思う。名前を呼ばせなかったのは、おそらく蜻蛉が呼ばなかったからなのだ。

「どうして……?」

今日の登楼は、鷹村が断ってくれていたはずではなかったか。

呆然と立ち尽くす椛に、岩崎は苦笑する。

「忍び込んだんだよ」

「忍……っ」

椛は絶句した。

「……い……いったいどこから……」

表には常に番頭がいるし、庭には塀《へい》が張り巡《めぐ》らされているはずなのだ。それに第一、岩崎はそんな無茶をするような人ではなかったはずなのに。

「秘密だよ」

と、岩崎は少し悪戯《いたずら》っぽく笑う。

「椛……顔を見せてごらん」

「や……っ」

岩崎に、傷を見られたくなかった。治りかけているとはいえこんな醜《みにく》い傷は、蜻蛉にはなかった。

「見ないでください……！　お客様にお見せするものでは」

「ぼくは別だろう」

岩崎にこそ見せたくないものなのに、彼はそう言って、かまわずに椛の顎に手をかけた。月明かりに向けて仰向《あおむ》かせ、じっくりと顔を精査して、額《ひたい》の傷に目を留《と》める。

「これだね、傷は」

「……放してください」

「よかった……ひどい傷じゃなかったみたいだね。なかなか登楼らせてくれないから、どれほど重傷なのかと思って気が気じゃなかった」

岩崎はほっとしたように吐息《といき》をついて言った。

「まだ痛い？」

「少し……」

「階段から庭に落ちたんだって？　他には怪我はしなかった？」

「大丈夫です」

「でもいったいどうしてそんなことに」

問いかけられて、また思い出してしまう。うっかり聞いてしまった藤野たちの話を。

心臓がずんと重くなるのを、椛は振り払おうとした。

「……ただ立ちくらみがしただけです。あの日は一日いろいろ大変だったから、疲れていたんだと思います」

「そうだね……」

岩崎が、ずっと心配してくれていたことが伝わってくる。そのことが嬉しくないわけではないけれども。

（その心配は、俺に向けられたもの？　それとも、蜻蛉そっくりなこの顔に……？）

そう思うと、椛は岩崎のからだを押しのけずにはいられなかった。

「椛……？」

「……たいしたこと、ありませんから」

口調も自然、冷たく凍《こお》ったものになる。椛は自分で自分のからだを、かばうように抱き締めた。椛が岩崎にふれられるのを拒んだのは、これが初めてのことだった。

椛のこわばったような態度が奇異《きい》に映るのだろう。岩崎は怪訝そうに眉を寄せた。

「だったらどうしてずっと会ってくれなかった？」

「……怪我のせいです。いくらたいしたことがなくても、傷のある顔をお客様にお見せするわけにはいきません。……見世からも、そうお伝えしているはずです」

「じゃあ、電話にも出てくれなかったのは？」

「それは……」

椛は詰まった。

「……電話の取り次ぎなんて、他のみんなは滅多にしてもらえないのに、俺だけ特別扱いというわけにはいきませんから」

「それだけが理由？」

「……」

目を逸らす。

「本当のことを話してくれないか」

「……別にお話することなんて」

「嘘をついてもわかるよ。いくつのときから見てきたと思ってる？」

（そう――ほんの子供の頃から）

岩崎は椛を通して蜻蛉を見てきたのだ。

（ずっとずっと……‼）

「――お帰りください……！」

椛は思わず声を荒げていた。

「人に見つからないうちに、早く……！」

これ以上一緒にいたくなくて、逃げるように座敷へ飛び込んだ。障子をぴしゃりと閉める。

岩崎はすぐにそれを開けて追ってきた。

「椛……！」

椛は座敷と座敷を仕切る襖を次々に開け閉てして逃げる。けれど一番奥の部屋まで追いつめられるまで、いくらもかからなかった。

「椛」

部屋の隅《すみ》に立ち尽くす椛に、岩崎は大股《おおまた》で近づいてくる。

「やっ……」

灯りの消えた薄暗い部屋で彼と相対したことは、思えば今までにはなかったかもしれない。

兄のようにも慕っていたはずの岩崎が、何故だか突然恐ろしく感じられてならなかった。

椛は小さく声をあげて身を縮めた。

その手首を、岩崎が掴む。

「何故逃げるんだ」

「放してください……っ」

「何か怒ってるのか？　ぼくが何かした？」

椛はうつむいたまま、首を振った。

「ぼくのことが、嫌になった？」

……岩崎を嫌いになる？

今のこの胸に渦巻《うずま》く黒い感情は、そういうことなのだろうか。辛くて苦しくて、息さえできないような気がするのは、岩崎を嫌いになったから？

（いっそ、そうだったらどんなにいいか……！）

椛は思うが、やはりその問いに頷くことはできないのだ。

「それとも、他に男でもできたのか」

「まさか……！」

「本当に？」

あまりの馬鹿馬鹿しさに、答える気にもなれなかった。

「……お帰りください」

「帰らない」

「帰ってください……！　本当に、誰かに見つかったら」

廓に忍び込んだなんてことが知れたら、岩崎の評判に傷が付く。ペナルティを受けることになるかもしれない。

この期《ご》に及《およ》んでそんなことを考えてしまう自分が、まるで馬鹿みたいに思えるけれども。

「椛」

今にも泣きそうな顔を見られたくなくて、深くうつむく。岩崎は覗き込み、どこか意地悪な口調で問いかけてきた。

「帰ったら、次はいつ会える」

「……」

「また会ってくれなくなるんじゃないの？」

彼は椛の片手を捕《と》らえたまま、囲い込むようにもう片方の手を壁に突く。吐息がふれるほど近くなり、椛は胸苦しいような戸惑いを感じずにはいられなかった。

「……放してください」

椛は繰り返す。

「……誤解されます……っ」

「じゃあいっそ、誤解じゃなくしてしまうというのは？」

「えっ……!?」

椛は目を見開き、はっと顔を上げた。薄闇《うすやみ》の中でも岩崎の瞳は熱を帯《お》びて見える。彼が冗談を言っているわけではないのがわかる。

「椛が白状しなければ、そうするよ」

「そんな……」

「嫌なら、白状しなさい。何があったのか、ちゃあんとね」

命じられても、蜻蛉のことを聞いてショックだったなどとは、とても言えなかった。

岩崎が椛を蜻蛉のかわりにしていたとしても、彼は何も悪くなどないのだ。鷹村の言うとおりだった。岩崎は申し分のない後援をしてくれている。蜻蛉の身代わりになるのが嫌だなどと、椛の身分で言えるはずがなかった。

椛はまたただ首を振るばかりだ。

「だったら、仕方がないね。——悪い子には、おしおきをしないと」

「んっ……」

壁を背に抱き竦《すく》められ、唇を塞がれた。

椛は押しのけようとしたが、岩崎は放してはくれなかった。息苦しさにわずかにほどけた唇の隙間から、舌が忍び込んでくる。

ふれて啄《ついば》むだけの、このあいだの優しい接吻とはまるで違っていた。岩崎の思うさま口の中を蹂躙《じゅうりん》され、翻弄《ほんろう》されて、意識さえ霞《かす》んでいく。

岩崎が本気だということを本能的に察して、椛は信じられない思いだった。何年にもなる逢瀬《おうせ》の中で、彼は決してこんな無体《むたい》な真似などしたことはなかったのに。

崩れそうになりながら、なかば無意識に抗《あらが》う椛のからだを、岩崎は畳に押し倒す。

「やだ……っ」

「どうして……？」

岩崎は問いかけてくる。

「いずれはこうなるはずだったんだ。少し早くなるだけだろう？」

たしかに来年、岩崎の手で水揚げされるのは決まったも同然のことだった。それが少し早まるだけのことなのかもしれない。——だけど。

「……もう二度と逃がさない」

囁かれたその言葉は、椛の胸を抉《えぐ》った。

（二度と……？）

椛自身は、これまで一度だって岩崎の抱擁《ほうよう》から逃げた覚えなどなかったからだ。

岩崎は今、椛を通して蜻蛉を見ているのに違いなかった。昔逃がしてしまった蜻蛉を。

彼が「もう逃がしたくない」のは蜻蛉であって、椛自身ではない。

（俺に蜻蛉を重ねていらっしゃる……！）

そして椛は、もう一つ気づいてしまう。

岩崎がこんな真似をする気になったのは、今夜の椛がいつもと違うから——岩崎に対してわだかまりを感じ、冷たく振る舞う椛が、蜻蛉に似ているからではないのかと。

（ひどい）

水揚げ前に散らされることより何より、他の男のかわりに抱かれるのが耐え難かった。

胸が潰れるような思いで、椛は両手で顔を覆った。けれどその手さえ剝《は》がされ、再び口づけられてしまう。

「や……っ」

叫びかけて開いた唇の隙間から、再び舌が入り込んできた。椛をすっかり捕らえた安心からか、その愛撫《あいぶ》は先刻よりもやわらかい。

「……っ」

（嘘……）

舌先で嬲《なぶ》られ、吸われて、椛の背中をぞくりと不思議な戦慄《せんりつ》が駆け上がった。その感覚に椛は戦《おのの》き、岩崎の腕の中で身をもがく。

岩崎の手が、前結びにした帯にかかった。

「……だめ……っ」

椛はその手を剝がそうとしたが、ほとんど効果はなかった。

しゅる、と音を立てて結び目が解《ほど》かれる。合わせから岩崎の手がすべり込み、襦袢《じゅばん》をはだけさせられる。

「やだ……っ」

「……綺麗な肌だね」

椛は反射的にまた首を振った。未来の傾城として、糠《ぬか》で磨《みが》き込んだ肌にはそれなりの自《じ》負《ふ》はあるけれども。

(でもきっと彼ほどじゃない……)

そんな気がするのだ。

「乳首も小さくて、凄く可愛い」

岩崎は唇をつけてくる。

「やめ、あぁッ……!」

思わず声をあげ、慌てて噛みしめた。

岩崎は続けてそこを嬲ってくる。ほんの小さな尖《とが》りを、ざらりとした舌で舐《な》めあげられると、信じられないような奇妙な感覚が椛の幼いからだを貫《つらぬ》いた。

「や、あぁぁ……っ」

岩崎は繰り返し舐め、舌先でくるくると突きまわし、押し潰す。椛はどうしていいかわからず、ただびくびくと震えるばかりだ。

「あぁ……っ、あぁ……っ」

椛はてのひらで自分の唇を塞いだ。そうしないと声が外に聞こえてしまいそうだった。

（こんなこと、誰かに知られたら）

否――むしろ大声で叫んで助けを求めるという手もあるはずなのだ。そう思うのに、それは何故だかできなかった。

「んん……っ、んぅっ、ん――ッ……！」

乳首を捏《こ》ねまわされると、身体の奥まで何故だかずきずきと疼く。

「……感じてるんだ」

岩崎は囁いてきた。

「嫌なのに？」

椛ははっとした。気がつけば無意識に腰を浮かせ、岩崎の脚に下腹部を押しつけていたのだった。恥ずかしさが込み上げ、慌ててからだを離そうとする。

岩崎は襦袢の裾《すそ》を割ってきた。

「や……っ」

岩崎に見られる……しかもいやらしくかたちを変えてしまったものを。

（やだ……っ）

椛は身を捩《よじ》り、岩崎の胸を押しのけようとしたが、岩崎は片手で椛の両手首を捕らえ、頭の上に押さえつけた。

両脚を膝で割られる。その中心に岩崎の視線を感じる。

「……可愛いよ」

と、岩崎は囁いた。

「み……見ないでください……」

こんなふうになってはいけないのに、と思う。蚊《か》の鳴くような声で、椛は哀願《あいがん》した。

岩崎は聞いていない。

「綺麗な色をしているね。小ぶりで、かたちも可愛い」

彼に幼いそれを描写されると、痛いような羞恥《しゅうち》が突き上げてくる。なのに、椛のそれはいっこうに萎《な》えないのだ。いたたまれなくて、涙さえ滲《にじ》んできた。

岩崎はそこをてのひらで包み込んでくる。

「ひぁうっ……！」

じかにさわられて、椛は思わず悲鳴のような声を漏《も》らした。

「や……放し……っ」

握られただけでがくがくと身体が震えて、まともに言葉にもならない。廓に暮らしてはいても、実際に他人の手で弄《いら》われるのは初めてのことだった。

「あ……あ……っ」

じっとしていてさえ声が溢《あふ》れてしまう。

岩崎が緩《ゆる》く手を動かした。

「ああっ……！」

途端に快さが突き上げてくる。

「……気持ちいい？」

「ん、ん、ぅ……っ」

やめてください、という思いを込めて、椛は首を振る。喘《あえ》ぐ声を、もし誰かに聞かれたら、と思う。けれど口を塞ぎたくても、岩崎に手を押さえつけられたままどうにもできないのだ。

「あぁぁ……っ」

岩崎は何度も丁寧《ていねい》に椛の性器を擦《こす》りあげてくる。そしてその手の動きは次第になめらかになっていった。

(嫌なのに)

蜻蛉のかわりに抱かれるのは絶対に嫌だという思いさえ、快感の中に朦朧《もうろう》と溶けていく。感じてはいけないと思うのに、気持ちがよくてたまらなかった。

「……だいぶ濡れてきたね」

「……っ……いや……っ」

言わないでください、と椛はまた首を振るけれども。

「椛は感じやすいほうみたいだね」

「……な、ことない……っ」

「じゃあこれはどういうこと」

「ああっ……！」

硬《かた》く反《そ》り返ったものを弾《はじ》かれ、椛は声をあげた。

「感じているから、こうなるんだろう？」

否定したかった。けれど自分を律《りつ》そうとしてもどうにもならなかった。

（蜻蛉はたぶん、そうじゃなかった）

きっと抱かれるときも、簡単に乱れることなどなかったのではないだろうか。そして岩崎は、それを乱すのが楽しいと思っていたはずなのだ。椛のように、すぐに溶けてしまうのではなくて。

「だめ……ああ、人に聞かれます」

「声が抑《おさ》えられない？」

こくこく、と椛は頷いた。

「そう……初めてなのに、そんなに感じるんだ」

揶揄《やゆ》されればたまらなく恥ずかしく、情けなかった。

「それとも本当は、初めてじゃないとか？」

椛は激しく首を振った。

「……じめてです……っ、こんなこと、誰にも」

泣き出したかった。そんなことを疑われるのも、自分がいやらしいせいかと思えばなおさらだった。

「やめ……っ、もう、手、放し……っ」

「もうイクの？」

「……っ」

岩崎の言うとおり、我慢できないのだ。必死で堪えてはいるけれども、もう限界がきそうだった。

「やめていいの。出したくない？」

「だって……っ」

本当はいきたくてたまらない。からだじゅうのすべての熱が、真ん中に集中したみたいだった。けれどこんなにも簡単に達してしまって、そんな姿を岩崎に見られるのがたまらなく嫌だった。

「じゃあ、止《や》めようか……」

と、岩崎は囁いてきた。

「え……」

彼は微笑し、ふいにその手を放してしまう。

「あ……や……っ」

急に放り出され、椛は呆然とした。腰のあたりに熱が渦巻き、もどかしさが突き上げてくる。腰を浮かせ、捩《よじ》らせてしまいそうな衝動《しょうどう》に必死で耐えなければならなかった。

「……っ……ぅ……っ」

そこへ岩崎の視線が注《そそ》がれている。

(恥ずかしい)

ふれられていなくても、萎えない。どころか、岩崎に見つめられて、椛のものはますます硬さを増していくようなのだ。

(ああ……)

「んっ……」

まるで視線に愛撫《あいぶ》されているかのように感じてしまう。

「苦しい？」

「は……い……っ」

「さわって欲しい？」

椛はたまらずこくりと頷いてしまう。だがまだ岩崎は許してはくれない。

「どこを、どんなふうに？」

「……っ」

さっきみたいにして欲しい。茎《くき》を根もとから括《くび》れまで何度も擦って、先のほうも弄《いじ》って、苛《いじ》めて欲しい。

でも、言えない。

「だったら、ぼくのいいようにするけど」

岩崎の手が近づいてくる。椛は無意識に先刻の快感を思い出し、全身で待った。

けれどその手は、椛の期待通りのところにはふれてこなかったのだ。彼の指は更に奥の秘《ひ》められた場所を暴《あば》こうとする。

「あっ……そこは……ッ」

椛はびくりと声をあげた。岩崎は微笑した。

「や……だ、だめ……っ」

まだ水揚げもされていない身で、そこまでゆるしてしまったら。

だが岩崎は聞いてくれない。拒もうとしても、椛の漏らしたもので濡らされた指先で優しく襞《ひだ》を撫でられれば、蕾《つぼみ》を綻《ほころ》ばせずにはいられなかった。

「いあぁっ……」

そこを狙いすましたように、指先は窄《すぼ》まりをくぐり抜けて挿入《はい》ってきた。

「——ッあぁぁ……っ」

ひどい痛みと違和感が突き上げてくる。

（嘘……）

岩崎の指が入っている。からだの中に、直接ふれられているのだ。信じられないような思いだった。

初めての挿《い》れられる感覚に、頭がついていかない。痛くて、怖くて、恥ずかしくて、……そして切《せつ》なくてたまらない。

「……痛い？」

と、岩崎は聞いてくる。椛は頷いた。

「痛いのが好き？」

「す……好きじゃな……っ」

答えようとして、下腹に力が入る。その途端ぞくりとした。

からだは椛の心を裏切って濡れる。それもすべて岩崎に見られてる。

「じゃあここは」

岩崎は問いかけながら指を動かす。

「ぁあっ……！」

椛は悲鳴をあげた。男のからだの中には、ひどく敏感《びんかん》な箇所《かしょ》がある。そのことを廓育ちの椛は勿論教えられていたけど。

「ああっ、ああっ、……ふ、ぅっ……っ」

自《みずか》らのからだで初めて味わうそれは、予想していた以上のものだった。擦られると、そのたびに溶けるような快感が走る。岩崎の視線の下で、性器までびくびくと震え、蜜を零しているのがわかる。

「いや、ああ、あ……」

岩崎は指を増やし、容赦なくそこばかりを弄った。外に声が聞こえるかも、という心配は、どこかに淡《あわ》く消えてしまいかけていた。

「ああ、そこ、だめ。だめぇ……」

「どうして。気持ちよくない？」

答えられなかった。

「嫌ならどうして、ここを擦ると……」

「あんんっ……！」

「そんなやらしい声が出るのかな……？」

否定したくて、椛は首を振る。岩崎はくすりと笑った。

「本当は嫌じゃないんじゃないの？」

「いやです……嫌です……っ」

本当に、水揚げ前に散らされることも蜻蛉のかわりにされることも、嫌でたまらないのに。

「そう……」

岩崎は目を眇《すが》めた。

「でも、ゆるしてあげないよ」

指を引き抜かれ、かわりのものがあてがわれる。その熱さが岩崎自身の熱だとわかり、椛は震えた。

「……や……」

椛は最後の抵抗を試みたけれども、無駄なあがきだった。慣らされ、ひろげられた後孔《こうこう》を更にひろげて、岩崎が侵入してくる。

「あ――」

指を挿れられたときとはまるで違う大きさだった。心まで引き裂かれるような痛みをともなって、彼が椛の中へ入ってくる。

「あ……あ……っ」

ぼろぼろと涙が零れた。痛みばかりでなく、胸が苦しくてならなかった。けれど痛くてたまらないのに、椛のものは萎えないのだ。

——痛いのが好き?

先刻の岩崎の科白が耳に蘇る。

(好きじゃないのに)

どうしてなのかと思う。自分を引き裂こうとしている相手が、岩崎だから?

「……っ」

椛は小さくしゃくりあげる。

「……力、抜いて」

囁かれ、辛さから逃れるために、無意識に従おうとした。けれどどうすればいいか、知識としてはわかっているはずなのに、巧くできなかった。

それでも岩崎は奥へからだを進めてくる。

「やぁ……あ……」

もう、腰のあたりすべてが痺《しび》れたようで、どうなっているのか自分でもよくわからなかった。

「狭い、な」

上で岩崎が深く息をつく。

「凄いよ、きっと……売れっ妓になるだろうな」

わずかに瞼を開ければ、岩崎は複雑な表情で椛のことを見下ろしている。

（どうして……？　そんな……痛い、みたいな）

痛いのは、こっちなのに。

けれど思考する余裕はほとんどなかった。動きが止まってほっとしたのも束《つか》の間《ま》、岩崎は再び椛の腰を掴み、揺すりあげたのだ。

「ぁあ……っ、痛……っ」

椛は思わず悲鳴をあげた。ただ中に咥《くわ》えているだけでさえ裂《さ》けそうなのに、突かれたら我慢できるわけがなかった。

逃げ出したくてもがき、けれど暴れれば暴れるだけ痛みが突き上げてくる。どうしようもなくて、椛は身を強《こわ》ばらせ、小さくしゃくりあげるばかりだった。

「……ごめん、椛……」

「うう……」

「じっとしてるから」

囁いて、ぎゅっと椛を抱き締めてくる。嫌なはずなのに、椛の胸はどきどきと音をたてる。あたたかい、と思ってしまって、また泣きたくなった。

これが本当の水揚げで、身代わりなんかじゃなくて、椛自身として抱かれているのだったら。

「……岩崎様……」

岩崎は自ら口にしたとおり、それ以上身を進めようとはしなかった。

決してこれ以上の行為を希《のぞ》んでいるわけではないのに、途中で止められると不安になる。こんな状態で男が満足できるはずがないからだ。

「……椛の中がよく締まって気持ちいいから、このままでも達《い》けそうだよ」

岩崎は挿れたままで、椛のものへ手を伸ばしてきた。

「あ……！」

勃《た》ったままのものを擦られて、椛は声をあげた。その途端、後ろがきゅっと絞られたのがわかる。

岩崎が小さく息を詰めた。

彼はそのまま椛の陰茎《いんけい》を擦り、弄り続ける。

「あぁ、あぁ、あぁぁっ、……ン……ッ」

中と両方からあたえられる強烈な快感に、椛はたまらず激しい喘ぎを漏らした。その唇を、岩崎が自分の唇で塞いだ。

「ん……」

きゅんと胸が痛む。岩崎にふれられ、接吻されることが、決して嫌ではないのだと認めざるを得なくなる。

（でも、本当はこの接吻は誰のもの？）

そう思うのに、舌を絡《から》めながら茎を扱《しご》かれると、どうしようもなく気持ちがよかった。

岩崎を咥え込んだ後孔が、きゅうきゅうと搾《しぼ》りあげるのがわかる。

「いいよ、椛……」

岩崎が吐息混じりに囁いて、椛のからだを抱き締める。

「ああ……！」

岩崎をきつく締めつけて、昇りつめる。そして同時に、からだの中が熱いもので満たされるのを、椛は感じた。


行為が終わったあともぐったりと畳に横たわり、椛はしばらく起きあがることもできなかった。

来年になれば、岩崎に抱かれることは決まっていたようなものだった。椛自身、その日のことを思い描かないわけではなかった。

（きちんと盃を交わして、みんなにお披露目《ひろめ》をしてお祝いしてもらう）

そして岩崎は椛の「旦那《だんな》」として認められることになる。廓の中では、傾城と馴染みの客とは夫婦同然に扱われるしきたりだった。

勿論、傾城は何人もの馴染みを持たねばならないから、一人の傾城に対して旦那は何人もいることになる。だがそれでも、椛にとっては岩崎が一番大切な人には違いなく――。

そうなるはずだった。

ただ、それが少し早くなっただけ。

(そんなふうに思えたらよかったのに)

でもできなかった。抱かれることは決まっていたとしても、きちんと水揚げされるのと無理矢理犯されるのとは、全然違うことだった。

否――ただ岩崎が椛に欲情して襲った、というだけのことなら、同じだと思えたかもしれない。

(その相手が本当に俺自身だったなら)

「……椛」

岩崎が覗き込んでくる。呼びかける声はとても優しい。――あんなことをしたくせに。

「大丈夫?」

「……っ」

手を伸ばされ、椛は思わずはね除《の》けて身を起こした。

その途端、どろりと畳に落ちるものがある。血の混じったそれが目に飛び込んできて、椛は思わず座り込み、緋襦袢の裾で隠した。

「椛」

「行ってください……！」

椛は叫んだ。恥ずかしさと情けなさで、顔をあげられなかった。ぼろぼろと涙が零れる。

「早く……！　ここは俺が片づけますから！」

一刻も早く一人にして欲しい。これ以上、惨《みじ》めな姿を見られたくなかった。なのに岩崎は、出ていってはくれない。

「帰ってください……！　帰ってくれないと人を呼びます……!!」

「このまま、おまえをひとりで残して帰れると思う？」

「あなたと一緒にいるより、ひとりのほうがましです……!!」

動かない岩崎に、椛は必死に叫んだ。

「さわらないで!!　岩崎様なんて大っ嫌い!!　もう顔も見たくない……！」

そのときふいに、岩崎の纏う空気が変わった気がした。

（え……？）

先刻、薄闇の中で捕まえられたときに感じたのと同じ怖さを、椛は感じた。暴力を予感したわけではないのに、本能的に身が竦んだ。

岩崎は、低く言った。

「いいの……？　人に知れても」

今まで椛が聞いたことがないような、意地の悪い、しかもそれをどこか昏《くら》く愉《たの》しんでさえいるような声だった。

「そうだね……このことが知れれば、さすがにぼくも無事では済まないかもしれないね。出入り差し止めになれば、椛にも二度と会えない——椛にとっては二度と会わなくていい、か」

「——……」

その言葉に、殴られたような痛みを、椛は覚えた。

(二度と会えなくなる)

岩崎に逢うことを拒み、今も必死で追い返そうとしていたにもかかわらず、もう二度と会えなくてもいいのかと問われれば、椛は答えることができないのだ。

「……だけどいいの?」

と、岩崎は言った。

「こんなことが知れたら、困るのは椛のほうだよ。新造のうちから客と寝るような身持ちの悪い妓だ、なんてね……?」

椛は思わず顔をあげ、目を見開いた。

「岩崎様……」

今聞いた言葉が信じられなかった。彼にそんなふうに——まるで脅《おど》すようなことを言われるとは、夢にも思っていなかったのだ。

(岩崎様が、こんなことを言うなんて)

まるで違う男を見るような思いで、椛は岩崎を見つめた。

「可哀想《かわいそう》だけど、諦めてもらうよ。おまえは、ぼくのものだから」

背中がぞくりと冷たくなる。その声を聞きながら、椛は先刻の彼の科白を思い出していた。

――もう二度と逃がさない
岩崎は口許に、薄い微笑を浮かべる。

「さあ――手伝うよ」

「えっ……」

まだなかば呆然としている椛を、岩崎は畳に押し倒した。そして胸の隠しから、ハンカチを取り出す。

「や……っ」

汚れた狭間《はざま》を拭《ぬぐ》われる感触に、椛は暴れた。けれど両手首を押さえつけられたまま、放してもらえない。

「やめ……っ、っ、っ……!」

またいやらしい声をあげてしまいそうで、満足に抗議することもできなかった。

岩崎に見られ、清められることが、恥ずかしくてたまらない。なのに椛はまた幼い恥茎《ちけい》を硬くさせてしまう。

（どうして……）

自分でも、自分がよくわからなかった。

——明日また来る

そう言い残して岩崎が帰っていったのは、椛にだけ再び絶頂を極《きわ》めさせたあとのことだった。

椛は身も心もふらふらになったまま、覚束ない足取りで新造たちのいる部屋へ戻ろうとした。ひとりになりたかったが、行くところがなかった。

その途中の廊下で、客を送って戻った藤野とばったり出会った。

「椛……」

泣き濡れた椛を見て、藤野はすぐに大方《おおかた》のところを察したようだった。

「……あの人はなんてことを……」

呆然と呟く。それを聞いた途端、また堰《せき》を切ったように泣いてしまった。

胸に縋る椛を、藤野は人目を忍び、空《あ》いていた廻《まわ》し部屋へと連れていった。

椛は長いこと泣きやむことができなかった。けれど散々泣き続けるうちには、少しずつ落ち着いてくる。

それを待って、藤野は言った。

「これからどうするつもりだ？」

「……どうするって……」

岩崎は、明日も登楼すると言った。

（お会いしたくない。だけど、どうしようもない）

その申し出を断ることを、鷹村がまた許してくれるかどうか——もしそれができたとしても、いつまでもというわけにはいかないだろう。

「……いっそ、岩崎様を振ってしまうって手もあると思うけど」

「え……っ」

藤野の言葉に、椛は思わず顔を上げた。

振るということは、理由をつけて何度か断るというだけでなく、彼を永遠に登楼させないようにするということだ。

「そ……そんなこと、できるわけが」

「鷹村は簡単には許さないだろうな。……けど、縛《しば》り上げて座敷に引きずり出せばそれでいいってわけじゃなし、折檻《せっかん》も覚悟で絶対に嫌だと言えば、案外通るかもしれない」

　実際、蜻蛉などはずいぶん客を振っていたのだ。

（岩崎様を振ることも、できないわけじゃない）

「あれほどの上客は滅多にいるものじゃないし、もったいないとは思うけどな。でも岩崎様だけがお客様じゃないだろう」

「で……でも……」

　その先、どう続けていいかよくわからないまま、椛は唇を開く。

「……禿の頃からずっと……あんなにお世話になったのに……」

「あちらにはあちらの勝手な考えがあってしたことだろう。そんなに恩に着る必要があるのかどうか」

「……っ」

　たしかに、岩崎は椛自身を好きで目をかけてくれたわけでも、椛自身の将来に期待して後援してくれたわけでもなかったのだ。ただ蜻蛉の似姿として、椛を蜻蛉の身代わりにしたかっただけに過ぎない。

　客として間違ったことをしていたわけではないが、そこまで深く恩に着る必要があるのかどうか。

「そのうえこんな真似をして……たとえおまえが岩崎様を振ったとしても、自業自得《じごうじとく》だと思うけど」

藤野の言うことには、一理あった。

それなのに、岩崎を振る、ということに、椛は何故だか頷けないのだ。

（どうして……？）

折檻が怖いということも勿論ある。岩崎に脅しめいたことを言われたのも、胸に引っかかっていないわけではないけれども。

（岩崎様を振ってしまえば、もう二度と会うことはできなくなる）

そのことが、折檻以上に怖かった。

子供の頃から岩崎に可愛がられ、ほとんど岩崎がすべてと言っていい暮らしをしてきた椛にとって、彼と完全に関係がなくなるということは、想像もできないような恐ろしいことだった。顔も見たくないなどと衝動的に叫びながら、彼を振るということは、今までまったく考えもしていなかったのだ。

「だったら、これからも蜻蛉の身代わりをするつもりか？」

と、藤野は聞いてくる。

（それも嫌だ）

知ってしまった以上、彼の身代わりでいることには、もう耐えられないと思う。けれどそれならどうしたらいいのか、椛にはわからなかった。

「まあ……それも手だと思うけどな」

答えられない椛に、藤野は言った。

「え……？」

椛は泣きはらした瞼を瞬《しばた》かせる。

「岩崎様の後援は、商売として考えれば、色子にとっては願ってもない幸運だ。割り切ってより蜻蛉らしく振る舞い、実《じつ》がある振りであの人を夢中にさせるんだ。そして搾り取れるだけ搾り取るのも色子の甲斐性《かいしょう》ってもんだろう。心の中では舌を出してやればいい。――で、もっといい旦那が現れたら……あっさりと乗り換えてやるのさ」

藤野の言葉に、椛は目を見開いていた。

（……岩崎様を裏切る……？）

一本立ちすれば、岩崎の他にもたくさんの客を取らなければならなくなるのはわかりきっていた。けれど岩崎以上の存在をつくることなんて、椛は考えたこともなかったのだ。

――おまえはぼくのものだよ
と、岩崎は言った。

（それを裏切れば、岩崎様を傷つけることができる……？）

椛が傷ついている何十分の一かでも。

「向こうが客として間違っていなければ何をしてもいいと言うのなら、こっちも娼妓として、復讐《ふくしゅう》してやればいいんだよ」

「……」

（……そんなことが俺にできるんだろうか）

彼のことを考えただけで、こんなに胸が痛いのに。

けれど、もしそれができたら、一矢《いっし》報いることができるのかもしれない。——椛を他の男の形代《かたしろ》にした、岩崎に。

椛はやはり答えることができず、ただ藤野の顔を見上げるばかりだった。

【4】

「やっ……」

逃げようとする椛《もみじ》を捕まえ、岩崎《いわさき》は覆《おお》い被《かぶ》さってくる。

（ああ……また）

新造《しんぞう》の身で客に抱かれるなど、本来あってはならないことのはずだった。けれど椛は岩崎を拒《こば》むことができない。

（こんなこと、いけないのに）

触れられるとからだが溶けるようで、力が入らなくなる。

襦袢《じゅばん》の裾《すそ》を割られ、肌に触れられて、椛は彼を押しのけようとするけれども、その手は弱々しいものだった。

岩崎はあの日のあとも変わらず――否《いな》、更に頻繁《ひんぱん》に登楼していた。そしてそのたびに、椛を抱く。

「……いけません、こんなこと……誰かに気づかれたら」

そう言っても、岩崎が止めてくれるはずもなかった。

「そうだね。……だから静かにしないと」

訪れる回数を増したのは、椛のからだを手に入れたからか、それとも椛が蜻蛉《かげろう》に似てきたからなのだろうか。だとしたら、計画は成功しつつあることになる。

にもかかわらず、そのことを思うと、椛の胸はじくじくと痛んだ。

最高の傾城は、高慢《こうまん》で、滅多に笑みさえも見せないのがいい――そう言われても、以前の椛には、本当には理解できていなかった。

けれど今はわかる。

(蜻蛉の真似をすればよかったんだ)

というより、岩崎は蜻蛉を愛していたから、そういう妓が彼の理想だったのだろう。

どんなに丁寧に一つ一つ教えられてもよくわからなかったものが、一度会ったきりとはいえ、蜻蛉というモデルを得ることによって、椛にも見えるようになっていた。

つくりものみたいに綺麗で、上品にとり澄まして、まるで硬い貝殻《かいがら》に覆われた真珠《しんじゅ》のように誰も寄せつけない。だからこそ、男たちは彼を奪いあったのだ。

(……娼妓としての復讐なんて、できるかどうかわからないけど……)

めざす対象がはっきりすれば、どう演じればいいのかも掴みやすくなる。そしてまた、椛の中に生まれた岩崎に対する隔《へだ》てのようなものが、なおさらそれを演じやすくした。禿の頃からずっと、無条件に彼を慕ってきた椛の心は、今はすっかり閉ざされてしまっている。むしろ笑顔など、出そうとしても簡単には出てこなかった。

「んん――っ……！」

岩崎の下で大きく脚を開かれ、挿入される。

「ん……っ、ふっ……ぅうっ……」

開かれて、苦しくて痛いのに、零れる吐息にはどこか甘さがある。最初のときと違い、見世の潤滑剤をふんだんに遣《つか》われているからだろうか。自分でも嫌になるほどだった。

「……んっ……っ」

深く椛の中に納まると、岩崎は動きを止めた。馴染むのを待つつもりのようだった。

椛は他に頼るよすがもなく、ただ座布団の端をぎゅっと握り締めている。

「痛い……？」

「んっ……」

椛は頷いた。

「そう……？　動いたらだめ？」

「だ……だめ、……まだ……っ」

「じゃあ、やわらかくなるまで待とうか……」

岩崎は、新造の赤い正絹《しょうけん》のお仕着せをはだけ、胸に唇をつけてきた。

「あっ……」

椛は小さく声をあげてしまい、はっと唇を噛む。

岩崎はすぐに乳首へ触れてきたわけではなかった。舌先で、乳首の周りを焦《じ》らすようにたどる。ぞくぞくっ……と不思議な戦慄《せんりつ》が背中を駆け抜け、椛は息を詰めた。

「っ……」

くるくる舐められると、早く乳首を舐めて欲しくてたまらなくなる。触れられないうちからそこが赤く染まって、つんと尖ってくるのがわかる。

いやらしい喘ぎを漏らしてしまいそうで、椛は必死で息を殺した。

「気持ちいい……？」

と、岩崎は囁いてくる。椛は首を振った。

「嘘つきだね、椛は。……だったら、こんなに中がひくついてるのは」

「やぁあ……っ」

どうしてなのかと問いかけられ、かっと頬が熱くなった。岩崎の指摘どおり、椛は体内にじっと納まった楔《くさび》を、何度も繰り返し食い締めていたのだった。

恥ずかしくてたまらず、椛は顔を逸らす。

岩崎は椛の乳首へと唇を落としてきた。

「ああっ……」

椛は先刻よりもずっと大きな声を漏らしてしまう。こりこりに凝《しこ》った乳首はひどく敏感で、軽く吸われただけでも強い刺激をもたらすのだ。

なのに岩崎はそこを舌で転がしながら、もう片方まで指先で嬲《なぶ》る。深く挿入されたまま乳首まで弄ばれると、椛はもうどうしたらいいかわからなかった。

「や……だめ、だめ……っああ……」

うわごとのように繰り返す。これ以上されたら、喘ぎを殺せなくなる。なのに岩崎は、止めようとはしてくれない。ざらつく舌で潰され、甘嚙みされて、椛は啜《すす》り泣くような声を漏らす。

「あぁ……あぁ……っや……ぁっ」

「……そんなに鳴いたら、人に聞かれるよ……？」

「んっ……」

揶揄うように言われ、椛は自分の両手で口を塞いだ。そうしなければ、座敷の外にまで響く声をあげてしまいそうだった。

聞かれたらまずいことは、椛にも勿論わかっていた。そしてそれ以上に、岩崎にいやらしい妓だと思われるのが嫌だった。

なのに椛は、体奥の岩崎を食《は》むのを、止めることができないのだ。

(蜻蛉はきっと、こんなんじゃなかった)

と、椛は思う。噂に聞く蜻蛉は、むしろ閨《ねや》の中では冷感症に近かったようだからだ。ふだんはどんなに上手く彼を真似られるようになっても、抱かれているときまで演技することは、どうしてもできなかった。

「ん……ん……、んっ……」

「突いて欲しい……？」

椛は心と裏腹に、首を振った。

本当は、焦れったくてたまらなかった。挿入にはまだ痛みが伴うのに——今だって狭い後孔をこんなにも広げられて、痛くないわけがないのに、

(なのにどうして)

奥を突いて欲しくてたまらないのだろう。もっと深いところに楔を打ち込まれ、繋がりたいと思ってしまう。

椛はつい、ねだるように内腿《うちもも》を岩崎の腰に擦りつけた。締めつけられて、岩崎が椛の上で小さく吐息を零す。

「……やらしいな、椛は」

「……っ……ちが……っ」

「ちがわないよ」

岩崎が襦袢の裾を捲《まく》りあげ、深く折り曲げた椛の腿をてのひらでたどる。そしてその手

が尻にたどりついた。

「凄く美味しそうに食んでるよ。……ほら、ここが」

「あぁぁ……っ」

やわらかい肉を摑まれ、椛はびくんと背を反《そ》らした。

岩崎はそのまま椛の腰を抱え上げ、緩く突き上げはじめる。

「んんん……っ」

途端に快美な感覚が背筋を駆け上ってきて、椛は必死で声を噛まなければならなかった。

(気持ちいい……っ)

突かれるたびに、軽くイッているようなものだった。

まだそれほど何度も経験があるわけでもないのに、どうしてこうなってしまうのかと思う。否——むしろ椛は最初のときからこうだったのだ。

先輩の色子たちに聞けば、慣れるまでかなり時間がかかったという話もめずらしくはないし、少なくとも最初から感じたという妓はほとんどいない。それなのに。

(俺……少し変なのかも)

それとも岩崎の言うように、いやらしいのだろうか。

毎回本気で悦《よ》がって、達して……それができる強者《つわもの》もいないわけではない。

(もしかして俺も……？)

自分もそんな淫乱《いんらん》なのだろうか。岩崎に抱かれると、毎回気持ちよくなってしまう。彼に淫《みだ》らだと責められるたびに、蜻蛉はこうではなかったという心の声を聞く思いがして、それがひどく辛かった。

「ん、ん、んぁ……っ」

揺すられ、何度も奥まで貫かれる。椛はなかば無意識に、いつのまにか屹立《きつりつ》していた自分のものを、岩崎の腹に擦りつけていた。

(こんな……やらしい……)

やめなければ、と思う。けれどできない。

「……悪い子だ」

くすりと岩崎は笑った。

「そんなに本気で気持ちがよくなってたら、傾城は務まらないよ」

蜻蛉みたいになれない——そう言われた気がした。

(わかってる。……だけど)

「あぁ、あぁ、あぁ……っ」

岩崎の動きが激しくなり、声が抑えきれなくなる。

「ぁあ……っだめ、だめぇ……っ」

「どうして？　悦いんじゃないの？」

「気持ちいい……悦くて……っ声が」

ただ止めて欲しくて、なかば無意識に発した言葉に、椛はかっと全身が火照った気がした。

恥ずかしさに顔を逸らす。その瞬間、目に映ったものに、椛はどきりとした。

（襖《ふすま》が開いてる……！）

廊下に面した襖が、ほんのわずかに閉まりきっていない。

（どうして――いったいいつから）

「い……」

岩崎に告げようとするより早く、彼の唇が重なってきた。舌が触れあった瞬間、とろりとからだが溶ける。

（言わなきゃ……）

けれど深く吸われながら奥を突かれると、椛はもう何も考えられなくなってしまう。

「……中に、しようか……」

わずかに唇を離すと、岩崎は囁いてきた。その言葉に、椛はぞくりと震えた。そんなことをされたら困る――凄く困るのに。

「出したら、どうする？」

「いや……やです。ああ……っ」

ていた。

哀願《あいがん》したのに、岩崎はゆるしてはくれない。

「……出すよ」

「だめ……だめ、出さないで……っ、あああぁっ――」

からだの奥で、彼が解き放つ。それを感じた瞬間、快楽に身を任せ、椛もまた昇りつめていた。

岩崎を大門まで送っていったあと、椛はふらふらと見世に戻ってきた。

いつのまにか岩崎は防具を装着していて、幸い身の始末には苦労せずに済んだ。けれどほっとした反面、どこか物足りないような思いも抱いてしまう自分は、本当にいやらしいのかもしれないと椛は思う。ため息をつかずにはいられなかった。

まださほど遅い時間ではなく、張り見世にも灯《あか》りが点《とも》り、色子たちが何人か残っていた。その脇を奥へと抜けながら、頭を過《よ》ぎるのは先刻のことだった。

(どうしよう)

襖が開いていたからと言って、誰かに見られたとは限らない。誰も廊下を通らなかったかもしれないし、通りすがっても、中のことにまでは気づかなかったかもしれない。それほど気にする必要はないのかも。――でも。

(どうしよう。もし見られていたら)

その人が、鷹村《たかむら》に告げ口したら――否、告げ口でなくても、誰かに喋ってそれが噂にでもなったら。

考えるとぞっとした。

だが、相手が誰だかわからない以上、手の打ちようがないのだ。

(やっぱり岩崎様に相談すればよかったかも)

何故言えないままになってしまったのか、自分でもよくわからなかった。ただきっかけを逃してしまったからなのか、岩崎を悩ませたくなかったのか、それとももしかしたら、彼が醜聞《しゅうぶん》を惧《おそ》れて登楼しなくなるのが怖かったのか？

(……まさか。だって……相談してどうなるものでもないんだから。それに、見られたっていう確信だってない……むしろその可能性は低いかも)

それでも、椛の足は重かった。

いつもにも増してなんとなく後ろめたくて、新造たちのいる大部屋へ帰って朋輩《ほうばい》たちと顔をつきあわせる気持ちにはなれない。かといって、椛には、まだ自分一人の部屋もなかった。

(行き場なんてない……か)

廊下を彷徨《さまよ》い、けれど結局、大部屋へ戻るしかなかった。みんな名代にでも出払ってい
てくれれば、と思ったが、こんなときに限って何人も残っているようだった。襖の外まで
話し声が洩《も》れ聞こえていた。

「おまえ最近暇《ひま》そうにしてるよな。名代に入らなくていいのかよ？」

「ん――、傾城がそもそも最近あれだからさ……」

そういえば、彼がついている傾城は、この頃お茶を挽《ひ》いていることが多かっただろうか。

傾城が暇になれば、当然その部屋付きの新造も暇になる道理だった。

「あの人も長いから、お年寄りのお客が多いじゃん。で、ただでさえ皆さん色街には足が
遠のいてきてたところへ……」

「ああ、昔からの贔屓《ひいき》の大旦那が亡くなったんだっけ」

「そう。それにとどめって言うか、上客だった岩崎商事の重役さんが飛ばされちゃって」

襖を開けようとした瞬間、岩崎の名前が聞こえてきて、椛は思わず手を止めた。

「それってまさか、岩崎さんが左遷《させん》したわけ？　椛んとこの」

「そうらしいよ。ほんのささいな落ち度だったのに、ぽーんと島流しだって」

「へえ……可哀想なことするねえ」

「ほんと。俺のことも禿の頃から可愛がってくれて、いい人だったのにさ。そうやって飛
ばされたり馘首《くび》になったりした人、けっこういるって。岩崎さんってやり手らしいけど、

冷酷だよな」

こんな話を聞くつもりはなかったのに、つい足を止めてしまったことが悔やまれた。前に藤野《ふじの》と諏訪《すわ》の話を立ち聞きしたときにあれほど反省と後悔をしたはずだったのに、まったく役に立ってないじゃないかと思う。

何気ない顔で部屋に入るつもりだったのに、岩崎の悪口とも取れる会話に、次第に向かっ腹が立ちはじめていた。

「そういや、他の傾城のお客さんの会社、潰したとかって話もなかった？　しかも、だいぶえげつないやり方したとか」

「ああ、聞いた。それも一人じゃなくて、何人かいたよね、岩崎さんにやられた人。優しそうな顔して、鬼だよね——」

椛は思わず、勢いよく襖を開けていた。

「岩崎様は鬼なんかじゃありません……!!」

今の自分が岩崎の弁護《べんご》をすることを、おかしいと感じながらも、黙っていられなかった。岩崎を悪く言われるのが耐えられなかった。誰よりも椛自身が、彼をひどい男だと思っているはずなのに。

「重役のかたを左遷したのは、きっとそれだけのことをしたからで、会社を潰したりするのも、お仕事なら仕方のないことでしょう」

「椛……」

話していた新造たちが、ぱっと鋭い視線を向けてくる。彼らにしても、自分が世話になっている傾城の浮沈《ふちん》に関わる客のことで、あっさりと譲《ゆず》ることはできないのだ。

「岩崎様は、鬼なんかじゃ……」

「そりゃ可愛がってもらってるおまえにとっちゃ、そうだろうさ。でもこの狭い廓《くるわ》の中だけで、何人も被害者がいるんだぜ？　よっぽどじゃなきゃ、そんなに次々……」

みなまで言わせず、椛は相手の襟首《えりくび》に掴みかかっていた。

「何すんだよ……っ！」

相手も掴み返してきて、揉《も》み合いになる。足払いを食らわされ、椛は畳に倒れた。その上に、相手が馬乗りになってくる。

「いいぞ、やれやれ……！」

他の新造たちが囃《はや》し立てた。

自分の仕《つか》える傾城が、岩崎のために客を失ったことへの憤りに加え、禿の頃から客を登《あ》楼《が》らせていた椛の特別扱いへのやっかみもあるのだろうか。

「おまえ、もともと気に食わなかったんだよ……っ！」

「放せ……!!」

椛は必死になって体勢をひっくり返そうと暴れたが、できなかった。

「さて……と、どう料理するかな」

「殴るなら見えないとこにしろよ」

「いっそ突っ込めば？」

彼らは冗談交じりに私刑の方法を話しあう。

「とりあえず、剝《む》いちゃうか？」

「いいじゃん、剝いちゃえ……！」

その提案に口々に賛成する声を聞き、椛は息を飲んだ。普段なら、着物を脱がされるくらいどうということはない。けれど今だけは、肌を見られれば、行為の痕跡《こんせき》まで気づかれてしまうかもしれない。

（岩崎様とのことがばれる……！）

椛は本当に必死になって、渾身《こんしん》の力で相手を押し返した。

直接押さえ込んでいたのが一人だけだったのと、上手く隙を突けたのが幸い、どうにか馬乗りから逃れることに成功する。

椛はそのまま大部屋を飛び出した。

行き場もなく階段を駆け下りる。耳には岩崎を鬼だと言った同朋の言葉が何度も蘇っていた。

――岩崎様は鬼なんかじゃありません……！

岩崎を悪く言われるのが耐えられなくて、椛はとっさにそう言った。けれど本当に違うのかどうか。

(俺にあんな真似をしたのに……?)

大部屋から離れ、人気のない廊下の片隅にうずくまる。ひどい疲れを感じずにはいられなかった。

彼に鬼のように冷酷な部分がないのだったら、椛を平気で蜻蛉の身代わりにすることなどできなかったのではないだろうか。廓のルールを犯してはいないとはいえ、娼妓を――椛を、「人」として見ていたら。犯して、脅して、関係を続けるようなこともだ。

こうなる前、岩崎はずっと椛には優しかった。けれど思えば椛は、彼の中にそれだけでは済まない何かひどく昏《くら》い部分があるのを、感じとっていたような気がするのだ。

そして少しでもそんな彼の慰めになれたらと思っていた。

(……馬鹿だな)

蜻蛉は、そんなことは考えもしていなかっただろう。

(本当に、中身は似てない)

ああして岩崎をかばうことも、そのために同朋と取っ組み合いの喧嘩をすることも、岩崎の理想からはどんなに離れていることか。

椛は抱えた膝に顔を埋めた。

こんなにも彼のことをひどいと思っているのに、嫌いになったと言えない自分が馬鹿みたいで、涙が零れた。

そしてどれくらいそうしていただろうか。

「大丈夫？」

降ってきた声に、椛ははっとした。顔を上げると、見覚えのある男がすぐ傍に立っていた。

「諏訪様……！」

藤野の上客である諏訪だった。椛にとっても、禿の頃から知っている相手だ。

「すみません……っ」

椛は慌てて見苦しく濡れた顔を拭い、頭を下げた。立ち上がろうとしたが、それより諏訪が隣に腰を下ろすほうが早かった。

「どうしたの？　……何かあった？」

「い……いえ」

「当ててみようか」

一応否定しても、この顔では傍目《はため》には明らかだったろう。

「――岩崎さんのことじゃねえ？」

それでも図星を指《さ》され、椛は目を見開いた。どうしてわかったのかと思い、もしかして彼との仲を疑われているのだろうかと思う。

（いや、でも）

岩崎が椛のところに通っていること自体は、表向き秘密だが、知る人ぞ知る話ではある。昔からの藤野の客である諏訪なら、むしろ知っていて当然なのかもしれなかった。だとしたら、椛が岩崎のことで泣いていたと推測するのもさほど不思議ではないのかもしれない。

そう考えて、椛が心を静めかけたときだった。

「やっぱりな。あんないけないことしてんだもんなぁ？」

「――っ……」

諏訪の爆弾のような言葉に、今度こそ椛は息を飲んだ。

やはり諏訪は、岩崎と椛とが一線を越えてしまっていることを、知っているのだろうか？

（見られた？　それとも聞かれた？）

濡れた目を見開いたまま、椛は諏訪を見上げる。

廊下や他の部屋と襖一枚で仕切られただけの座敷で、ことに及んでいるのだ。宴会の喧《けん》噪《そう》に掻き消されるとはいえ、声を殺し切れていない自覚はあったし、その危険はいつだってすぐそこに存在していたのだ。

諏訪はにやりと笑った。

「そう。見たんだよ、俺」

(やっぱり……！)

きっとあの襖の隙間からだ。椛は何か言おうとしたが、言葉にならなかった。

「……っ……」

諏訪は立ち上がり、呆然とする椛の手をふいに掴んだ。

「行こうか」

「えっ……」

「こんなところで話してると、誰に聞かれるかわかんねーだろ？」

まるでふざけているような軽い調子で、諏訪は言った。逆らうわけにはいかず、手を引かれるまま、椛も歩き出す。

連れていかれたのは、藤野の本部屋だった。

「あの……藤野さんは……っ？」

「廻し」

誰もいない部屋を見回して問えば、諏訪は端的《たんてき》に答えた。

「椛ちゃんは名代ってことで」

そう言って腰を下ろし、煙草を咥える。椛は我に返り、慌てて燐寸《マッチ》で火をつけた。

「何か飲む？　それとも食べる？　台の物を取ってもいいよ」

「い……いえ……っ」

「そう？」

煙を吐きながら、諏訪は先刻の話を続けた。

「……岩崎さんが椛ちゃんのところに通ってきてるってのは、藤野から聞いて前から知ってたけど、まさかああいうことになってるとはね――」

「……すみません……」

「俺に謝ってもらうようなことでもないけどね」

たしかにそのとおりだった。けれどそれなら何を言えばいいのか、椛の頭は混乱する。

ただ一番大事なことは、

「……お……お願いします……っ、誰にも言わないでください……！」

椛は諏訪に縋《すが》った。

諏訪は微笑する。

「可愛いねぇ。さすが将来を嘱望《しょくぼう》されるだけのことはある。そうやって縋られるとぞくぞくするよ。岩崎さんだけに独占させておくのは勿体ない」

「ふざけないでください……っ」

椛は思わず声をあげた。

「こんなことが見世に知れたら……っ」

「まずいよな。そのへんの妓と違う――せっかく、先はお職も張れると期待されてる身で新造のうちから客と通じるなんて、身持ちの悪い妓だって後ろ指をさされて、評判は地に落ちるだろうな。色子としての将来は台なし、目論見《もくろみ》が外れて見世も大損《おおぞん》」

「……」

「岩崎さんも、ただでは済まないんだろ？　俺は詳しくないけど、新造に手を出した不届きな客はどうなるの。百叩きのうえ頭を刈られる？　醜聞になるだろうな、そんなことになったら。それに岩崎さん、出入り差し止めになるかも」

「……っ……」

諏訪の科白が、椛の胸に突き刺さる。

（岩崎様が、出入り差し止めになる）

憎んでいるはずなのに、その言葉がどうしてこんなに痛いのだろう。

「――黙っててやってもいいけど？」

諏訪が言った。

椛は縋るような思いで、はっと顔を上げた。

「ただし……俺の言うことも聞いてくれる？」

「何でもします……！」

反射的に答える。

「おやぁ？　そんなこと言っちゃっていいのかなあ？」

「え……？」

意地悪く笑う諏訪に、椛は首を傾げる。

「鈍いのはさすがまだ子供ってことか。普通ならすぐにぴんとくるだろうに」

「……？」

「俺の言うことも聞いてくれる？　って言ったんだよ、俺は」

ようやく椛にも諏訪の言う意味が理解できた。諏訪は、岩崎に抱かれているように、自分にもからだを開けと言っているのだ。

「そ、そんなこと……っ」

承知できるわけがなかった。

勿論、来年色子として一本立ちすれば、たくさんの客を取ることになるだろう。けれどそれとこれとは別の話だ。水揚げの相手として決まっているも同然の岩崎だけならともかく、新造の身で、二人にまでも身をゆるすなんて。

「無茶です、そんなの」

「そう?」

「だって……第一、あなたには藤野さんがいるじゃありませんか……!」

一度馴染みになったら、傾城と客とは見世では夫婦も同然の扱いとなる。決まった敵娼がいながら他の妓に手を出すなんて、ゆるされることではなかった。

諏訪は微笑した。

「藤野はもうすぐ年季明けだからね」

その笑みが少し寂しそうに見えて、椛は眉を寄せる。

諏訪と藤野の仲は長い。諏訪は藤野に、ただの色子に対する愛着以上のものを持っているのだろうか？　それは以前から椛も感じていたことだった。

だとしたら、なおさら諏訪に抱かれることなどできない。

「……まだ、藤野さんの年季明けまでには何ヶ月もあります」

「まあね。……でも、どのみち藤野はいなくなる。そうしたら、他に馴染みになる妓が必要だろう？」

椛の水揚げと入れ替わるようなタイミングで、藤野の年季は明ける。諏訪の言うことにも一理はあった。それに、諏訪のような上客が水揚げ早々からついてくれるとしたら、椛にとってもとてもありがたいことに違いなかった。

——もっといい旦那が現れたら……あっさりと乗り換えてやるのさ

そう言っていた藤野の言葉を思い出す。岩崎よりいいかどうかはともかく、諏訪なら引けを取らない上客と言えた。

けれどももしそんなことになったら、岩崎のことは別にしても、藤野を裏切るような後ろめたさを椛は感じずにはいられないだろう。ましてや、藤野がいるうちからとなればなおさらだった。

「藤野のことが気になる？」

「勿論です……！」

「あいつなら知ってるよ」

「えっ？」

思いも寄らない言葉だった。

「そもそもこのことは、藤野の推薦《すいせん》なんだから。自分がいなくなったら、椛ちゃんのところに登楼れってね」

「え……」

椛は驚かずにはいられなかった。

どうしてそんなことを藤野が提案したのだろう。一本立ちする椛のために、上客をつけてやろうとしてくれたのだろうか。

（じゃあ藤野さんは、このことを想定してあんなことを……？）

岩崎から諏訪に乗り換えろ、という意味で？

藤野には意外と面倒見のいいところがあるし、考えられないことではなかった。だとしたら、こんなありがたい話はないけれども。

「……だから諏訪様は俺を……？」

「それだけじゃねーよ？　藤野に何を言われたって、気に入ってなきゃ選ばないし。禿だった頃から、椛ちゃんのことは可愛いと思ってたんだ。それにこれからどんどん美人になりそうだし……」

諏訪は椛の頬に手を触れてくる。椛は思わず顔を逸らした。気に入ってもらえているのだとしたら、そのことは素直に嬉しいけれども。

「でも……」

「うん？」

やはり何かが椛を躊躇《ためら》わせる。

一つは、諏訪が期待するほどの美貌に、自分が果たしてなるのだろうかということもある。

自分の将来を疑う椛の瞼には、蜻蛉の姿がある。

容姿を褒められることは多いが、いくつになってもあれほどの美妓にまでは、なれないような気がするのだ。あのあと新造のときの蜻蛉の写真も見せてもらったが、今の椛よりも、彼のほうがよほど美人に見えた。

だが、こんなことを客に言うわけにはいかない。

「……俺、藤野さんには全然似てません」

それもまた、一つの真実だった。

諏訪の好みが藤野のような妓だとすると、椛は外れるはずなのだ。

岩崎は、蜻蛉を失ったあと、椛に白羽《しらは》の矢を立てた。椛が蜻蛉に似ていたからだ。だとしたら諏訪だって、藤野に似た妓を見つけたほうがいいのではないか。

「たしかに」

と、諏訪は言った。

「どっちも美人だけど、タイプが全然違うよな」

「でしたら……」

「でもさ、藤野は藤野だからいいんだろ？　似てるからって別の妓でもいいってことにはならないし――」

諏訪の言葉は、椛には痛かった。蜻蛉に似ているから身代わりにされて、でも本物になることはできない自分を突きつけられるようで。

だが、諏訪は続けた。

「俺は別に、藤野の模造品《もぞうひん》が欲しいわけじゃないんだ。椛ちゃんのことは、椛ちゃんだから、気に入ってるんだよ」

諏訪がそう言ったとき、椛は思わず瞠目《どうもく》していた。

「……俺が……俺だから……？」

椛は呟いた。

なんでもない、ありふれた口説き文句に過ぎないのかもしれない。なのにその言葉は、椛の心に強く響いた。

（俺だから……）

呆然と諏訪を見つめてしまう椛に、諏訪はくすりと笑った。

「どうしたの？」

「い……いいえっ」

椛ははっと目を逸らし、首を振る。

「とはいえ……」

と、諏訪は言った。考え込むように指を顎に当てる。

「まあ、たしかに今はまだ藤野がいるから、椛ちゃんとこっそり関係を持ったりしたら、浮気になるよな」

「そ……そうですよ……っ」

諏訪はにやりと笑った。

「じゃあ、こうしよう。――とりあえず名代として、水揚げを前提に俺とつきあって？」

「え、……え？」

　変な言い回しに、椛は戸惑わずにはいられなかった。何を言われたのか、しばらく考え込んでしまう。

「お……おっしゃる意味がわかりません。それに、水揚げは岩崎様が」

「別に岩崎さんにこだわることはないんじゃない？　俺とあの人が競《せ》り合って水揚げの値が吊り上がったら、見世は喜ぶと思うよ？」

「えっ……」

　椛は更に戸惑った。

「あの……、でも……」

　新造出し同様、水揚げだって岩崎が見るのは決まったようなものだと思っていたからだ。他の客に水揚げを頼むなどとは、椛は考えたこともなかった。第一、今までの経緯《いきさつ》を考えれば、いくらそのほうが儲《もう》かるとしても、見世がゆるすだろうか？

「岩崎さんがいい？」

　――岩崎様だけがお客様じゃないだろ
　諏訪の声が、以前、藤野に言われた言葉と被《かぶ》る。

　――でも……禿の頃からずっと……あんなにお世話になったのに

「……」

「岩崎さんのことが好き？　ああいうことされてるのに？　しかも、椛ちゃん自身を見てくれないような人でも……？」

「……っ」

藤野を通してすべてを知っている男に覗き込まれ、椛はうつむくしかなかった。

「……好きでした」

小さな声で答える。ただ上客としてだけではなく、兄のように慕っているばかりでもなくて。岩崎のことが好きだった。

「今は？」

重ねて問われ、答えに詰まる。こんな扱いを受けて、まだ好きなはずなどない――そう言いたくて、でも言えなかった。

「……わかりません」

「そう……」

諏訪の声は優しかった。なのに何故だか、心を見通されているような気がした。彼は言った。

「でもそれってさ……、本当に岩崎さんのこと、好きだったのかな？」

「え……？」

椛は思わず顔を上げた。

「刷り込み、って言葉、聞いたことない？」

「刷り込み……？」

その単語は、椛にもなんとなく聞き覚えがあった。

「……生まれたばかりの雛《ひな》に動くものを見せると、それを親だと思い込んであとをついていくようになるとか言う……あれですか？」

「そうそう、それ」

岩崎の話と何の関係があるのかと思い、首を傾げる椛に、諏訪は続けた。

「椛ちゃんも、子供の頃から岩崎さんだけに可愛がられてきたせいで、一種の刷り込み状態になってるだけで、本当に岩崎さんに恋をしているわけじゃないのかもしれない……とか、思わない？」

「えっ……」

椛は絶句した。今まで、当然だが思いつきもしなかったような考えかただった。

（……そんなことって、あるんだろうか……？）

岩崎とのことをそんなふうに考えたことは、これまでにはなかった。新しい視点をあたえられ、椛は呆然と目を見開く。

「もしも違う出会いをしていたら、岩崎さんを好きになったと思う？」

（もし、違う出会いかたをしていたら……？）

そのことを考えてみようとするが、想像が及ばない。

ほんの幼い頃から傍にいた岩崎との思い出は、既に椛の中で血肉になってしまっている。

椛は岩崎に出会わなかった自分を、上手く想像することができない。

「……ま、どうしても嫌なら無理強いするつもりはないけど」

と、諏訪は言った。

「俺なら、岩崎さんとのことは承知で水揚げに名乗りをあげてるんだからね。何も心配することはないいんだ」

たしかに、岩崎との秘密を抱えたまま他の客に水揚げされるようなことにでもなれば、疵物《きずもの》を隠して大金を積ませたことになる。だが、諏訪は既にすべてを知っていて、それでもいいと言ってくれているのだ。騙したことにはならない。負い目を負う必要はない。

（それに……諏訪様は、椛は椛だからいいんだ、って言ってくれた）

その言葉は、椛にとってはとても温かく、貴重なものだった。

「次からは、藤野が来られないときの名代は、椛ちゃんが入って？　藤野には言っておくから」

諏訪はそう言って、にっこりと笑った。

はい、かしこまりました、と椛は答える。

岩崎とのことを知られてしまった以上、どちらにしても椛には、頷く以外にはなかったのだ。

【5】

「失礼します」

椛《もみじ》は頭を下げて挨拶し、座敷へ上がった。

見世は一番賑《にぎ》やかな時間で、宴《うたげ》の喧噪《けんそう》やお座敷遊びの三味線《しゃみせん》の音があたりを包んでいる。

今週二回目になる岩崎《いわさき》の登楼だった。

「椛」

椛の姿をみとめ、岩崎が微笑む。

その笑顔を見、呼びかける言葉を聞いた瞬間、椛の胸はきゅんと疼《うず》いた。

(お会いしたくなどないはずなのに)

これまでずっと岩崎の登楼を楽しみにしてきた習慣の賜物《たまもの》なのか、こんなことになっても、やはりまだ心の底では岩崎を恋しく思っているからなのだろうか。

(……何年ものあいだ、俺を騙《だま》してきた人なのに……!)

自分の心とからだの反応が、椛は口惜《くちお》しくてならなかった。

「おいで」

呼ばれてそっと襖を閉め、静かに挨拶をして、部屋の中へ進む。傍《そば》へ座ると、

「あれからどうしてた？」

と、岩崎は問いかけてきた。

（ひどい人）

椛のことを気にかけているふりをする。本当は、気にしているのは椛自身のことなんかではないくせに。

「……いつもと同じです」

椛は静かに答えた。

「それだけ？」

「ええ」

以前なら、聞かれる前から話をしたくてうずうずしていたものだった。

おとなしくしていなければと思いながらも、つい他愛《たわい》もない日常のあれこれをこまこまと話し、それればかりか岩崎に外国の話をねだったりした。傍にいることが嬉しくて、喋らずにはいられなかった。

そしてまた岩崎も、たいして面白くもなかっただろう他愛もない話を笑って聞き、せがまれるままに土産話をしてくれていたのだ。

（だけど、それももう）

そんな日々が、ひどく遠いものに思えた。

（あの楽しそうな優しい笑顔も、全部嘘だったんだから）

二度とあんなふうに、彼に甘えることはないのだろう。

そう思うと、たまらない喪失感《そうしつかん》を覚えずにはいられない。——胸の中が空《から》っぽになったようで。

「……なんだかこの頃、急に大人っぽくなったね」

と、岩崎は言った。

いったい誰のせいなのかと、恨《うら》み言《ごと》が喉まで出かかる。水揚げもまだの椛を、彼が無理矢理奪ったからではないのか。しかも椛自身に欲情したわけでもなく、別の男の身代わりとしてだ。

「……もう禿ではありませんから」

目を伏せたまま、椛は答えた。何も知らなかったしあわせな子供の時代は、終わってしまったのだ。すべてを知ったあの瞬間に。

「そうだね……もう新造になったんだからね。禿の桜色の着物も可愛かったけど、新造の緋襦袢《ひじゅばん》もよく似合うよ」

「……ありがとうございます」

「来年にはもう立派に一本立ちできる。めでたいことだけど、ちょっと寂しい気もするね。椛がぼくだけのものじゃなくなるのかと思うと……」

（嘘つき）

寂しくなんかないくせに、と思う。否、寂しいのは本当かもしれないけれど、その寂しさは椛のためではなくて――

（もう、やだ）

同じようなことを何度も何度も考えてしまうのが、たまらなかった。岩崎といる限り、何か会話をかわすたびに、これからもいちいちこんなふうに引っかかりを覚えていないといけないのだろうか？

（……蜻蛉《かげろう》なら、こんなとき何て言ったんだろう？）

普通の傾城なら、私はいつまでもあなたのものです、とか、何かそんな嬉しがらせを囁くだろうか。

だけど蜻蛉は、何も言わないような気がする。高慢で、客に媚《こ》びない、嬉しがらせを言わない――

椛は黙ったまま目を伏せた。

「……椛」

岩崎は、その頬に手を添えてくる。

「本当に……別の人といるみたいだよ」

自分で蜻蛉をなぞっておきながら、岩崎のその言葉が椛には痛かった。

別の人というのが蜻蛉を指《さ》すことは、考えるまでもなかった。椛が蜻蛉のことを知り、敢《あ》えて似せようとしていることを知らないから当然とはいえ、岩崎は不思議そうだった。

否——どこか寂しそう、でもあっただろうか。

(どうして……?)

椛が蜻蛉に似てきたことに、岩崎は何故満足したようすではないのだろう。まだこれでは全然足りないということか。

「……いつも教えていただいているとおりにしているつもりです」

と、椛は答えた。

「傾城はお人形のように取り澄まして、軽々しく笑ったりしないほうがいいんでしょう?」

「……まあね」

嫌味《いやみ》な響きを持ってしまった言葉を、岩崎は流す。彼にとってはあまりにも当たり前の問いかけで、含まれた棘《とげ》にさえ気づかなかったのかもしれない。

岩崎は注《つ》がれるままに盃を乾《ほ》し、二人のあいだに沈黙が下りた。

思えば岩崎といるときに、こんなにも口を聞かずに過ごしたことは、前にはなかった。

けれど沈黙の居心地の悪さを取り繕《つくろ》おうという気持ちには、椛はなれなかった。心のどこかが麻痺《まひ》しているのかもしれなかった。

(それに、岩崎様は、このほうがいいみたいだし……)

居心地が悪ければ、登楼しなくなるだろう。なのに岩崎はこの頃、前にも増してよく通ってきているのだ。

(蜻蛉といるときも、こんなふうに黙っていたんだろうか?)

ふと頭に疑問が浮かび、すぐに別の想像が頭を擡《もた》げる。蜻蛉といるときは、言葉少ない蜻蛉を、岩崎のほうがかき口説いていたのかもしれない。

妄想《もうそう》であるにもかかわらず、ちりちりと灼《や》けるように胸が苦しい。

椛の岩崎への気持ちは、一種の刷り込みではないのかと諏訪《すわ》は言った。

(こんなにも苦しいのに、そんなことがあるんだろうか……⁉)

彼の傍にいるのも辛くて、ちょうど銚子《ちょうし》が空《から》になったのを汐《しお》に、椛は立ち上がろうとした。追加を頼むついでに、少し息を抜きたかった。

だが、それより一瞬早く、襖の外から声がかけられた。

「台の物をお持ちしました」

椛が来る前に、岩崎が注文しておいたもののようだった。料理には酒も添えてあり、椛は席を外す機会を失ってしまう。

しかたなく再び座れば、次々と膳《ぜん》が運ばれてきた。

（あ……）

それを見て、また椛の胸は疼いた。

椛の好きなものばかりが取りそろえられていたからだ。岩崎は昔からそうだった。台の物はすべて椛の好物ばかりにして、お腹一杯食べさせてくれていた。

（……よく覚えていてくださる）

甘く煮た鯛《たい》の匂いが、鼻を通して椛の胃を刺激する。ぷりぷりと透《す》き通った甘海老《あまえび》の姿に食感を思い出し、口の中が唾液《だえき》に満たされる。

食べ物の好みまで、すべて蜻蛉と同じであるはずはない。だとしたらこれだけは、蜻蛉と重ねられていない、「椛のためだけのもの」なのかもしれない……？

「さあ、椛」

膳を運んできた禿たちが去り、二人だけに戻ると、岩崎は椛に食べるよう勧めてきた。

「いいえ、俺は」

じわりと滲《にじ》みかけた涙を隠し、椛は首を振った。箸《はし》をつける気にはなれなかった。こんなことで、絆《ほだ》されるつもりはないのだ。

「どうして」

「……傾城はお客様の前であまりたくさん食べるものじゃないんでしょう」

「そうだけど……、椛はこの頃少し痩せたしね」

誰のせいだと思っているのかと思う反面、岩崎がそれに気づいていてくれたことに、心が反応してしまう。

「……お腹《なか》、空《す》いてませんから」

振り払うように、椛はできるだけ素っ気なく答えた。

椛の腹が大きな音をたてたのは、ちょうどそのときだった。

「……っ！」

岩崎が噴《ふ》き出す。椛は真っ赤になった。

「……、……っ」

この頃あまり食欲がなく、食べていなかったところへ、好物ばかりの台の物を目の前に突きつけられたりしたせいだ。ずっと蜻蛉の真似をしてきたのも台無しになり、椛は泣きたい思いだった。

岩崎はまだ笑っている。椛はそのことにむかつきながらも、ふと思った。

こんなに笑う岩崎を、この頃見たことがあっただろうか、と。

（というか……ずっと昔から、あんまり見たことはないけど……）

岩崎はもともと陽気なタイプではない。出会った頃は、その昏《くら》さを寂しさだと椛は思い、慰めてあげたいと思っていたのだ。

当時にくらべればずいぶん明るくなってきた気がしていたけれども、それでも最近の彼はまた昔のほの香さを纏いはじめていて、そのことが椛には気がかりだった。

(って、そんなこと、もう俺は気にして差し上げるつもりはないのに)

(……でも)

今、こうして笑っている彼を見ると、やはり椛は少しだけ和《なご》んでしまうのだ。笑われるのは恥ずかしいけれど、岩崎が楽しいのなら、という気持ちになる。我ながら馬鹿じゃないのかと思うけれども。

「さあ」

気が緩みかけたところを突くように、椛の手を岩崎が摑んだ。そのまま強く引かれ、体勢が崩れる。

「あっ――」

そのまま椛は、岩崎の膝の上に倒れ込んでいた。

「な……何をなさるんです……っ、お放しください……!」

「食べたら放すよ」

岩崎は左手で椛を捕まえたままそう言って、右手には箸を握る。そして器用に鯛を毟《むし》りはじめた。

何が起こったのか咄嗟《とっさ》に理解できず、椛は呆然と岩崎の手許を見つめた。

その脳裏に蘇ってきたのは、禿の頃の遠い記憶だった。

（……昔はよくこうして岩崎様のお膝に抱かれた）

実年齢より幼く見えた椛はからだも小さく、すっぽりと彼の胡座《あぐら》の中に嵌《はま》ったものだった。

たとえ禿であっても、本来客の膝に座るなど、あってはならないはずのことだった。だが、岩崎は咎《とが》めなかった。それをいいことに、ひと目のないときには、椛はそうして存分に彼に甘えた。

岩崎は、母親の死後、椛を甘えさせてくれた初めての人だった。

少しずつ大人になって、膝に抱かれることもなくなって、……いったい何年ぶりになるだろう？

ふいに涙ぐんでしまいそうになり、椛は顔を背けた。膝から抜け出そうとするが、岩崎は放してはくれない。

「……放してください……っ」

「食べたら、って言っただろう？　ほら、あーん」

「ひとりで食べられますっ……」

「いいから」

箸を口許に差し出される。岩崎の楽しそうな顔を見ていると、椛はそれを拒めなくなった。唇を開き、咥えると、鯛の旨《うま》みが口全体に広がり、頬が落ちそうになる。

「美味しい？」

「……はい」

「もう一口」

嘘もつけずに頷けば、続けて勧められる。一口食べてしまった以上、拒むのも今さらのような気がして、椛はまた唇を開く。

「昔を思い出すね」

唇についたたれを拭ってくれながら、岩崎は言った。椛も同じことを考えていたけれども、認めたくなかった。

まさか蜻蛉を膝に乗せて魚を食べさせたりはしなかっただろう。聞いてみたくて、でも素直に口に出すわけにはいかずに。

「……誰にでも、こんなことをなさるんですか？」

「誰にでも？」

聞き返され、蜻蛉の名前を出すことができず、椛がふと思いついたのは、

「お……女の人とか」

「女？」

「外国で、一緒に食事なさるような方々です……っ」

馬鹿なことを口にしてしまった、と思っても、もう遅かった。まるで嫉妬しているみた

いに聞こえたかもしれない。それとも、藤野《ふじの》に指摘されてから、ずっと心に引っかかっていたからこそ、こんなふうに零れてしまったのだろうか。

「まさか」

岩崎は一瞬声を呑み、少し笑いを含んだ声で答えた。

「彼女たちは大人だしね。いや……まあ椛ももう大人なんだけど」

「……だったら下ろしてください」

あっさりとした言葉は、彼女たちとの交際を否定するものではなく、椛は憮然としてしまう。

「ごめん、今は誰もいないから」

「べ……別に謝っていただくようなことじゃ……。お客様が外で誰と親しくなさっても……」

「だったら、どうしてそんな顔をするの」

「……っそんな顔、してません……！」

椛は膝から下りようとしたが、岩崎は椛を捕まえたまま、聞こえなかったかのように話を続けた。

「……兄弟はいなかったし、親戚というか……椛と同じ年頃の従弟《いとこ》や何やらは山ほどいるはずなんだけどね。ほとんど会ったこともないから、膝に乗せるなんてことも勿論なかったし……」

（ああ……）

岩崎自身はあまりそんな話はしなかったが、岩崎家の複雑な事情は、椛もちらちら噂で耳にしたことがあった。岩崎の祖父が艶福家《えんぷくか》で外にたくさんの女性を囲い、それぞれに子供を産ませていたために、大変な骨肉《こつにく》の争いになったこと。

「だから、椛だけだな」

優しい表情でそう言われ、こんなことで絆されるものかと自分を戒《いまし》めながらも、椛はやはり嬉しいと思わずにはいられなかった。

「……本当言うとちょっと憧れてたんだ、こういうの」

「憧れ……って」

「自分はしてもらったこと、なかったからね。膝に乗せてもらうのも勿論、肩車とかも。だからちょっとやってみたかったっていうか」

「でも……」

祖父が問題のある人だったとしても、岩崎にはきちんとした両親が揃っているのではなかったのだろうか。

聞いていいことなのかどうか迷いながら、椛は唇を開いた。

「あの……ご両親は……？」

「そういう人たちじゃなかったな」

岩崎は苦笑した。

「もともと政略結婚で、祖父のような揉《も》め事の種《たね》をつくらないために、子供は一人……代わりはいないからある意味大事にはされたけど、教育も養育も専門の人を雇って任されてたしね。……それに比べれば、祖父のほうがまだかまってくれたかな。遊廓に子供を連れていくなんてって、両親はまた頭を抱えてたけどね」

岩崎が、彼の祖父を好きだったことが、なんとなく椛にもわかった。子供の頃の彼にかまってくれた人は、他には誰もいなかったのだろうか。

「椛のところは、いいお母さんだったって言ってたよね。……そんな感じがするよ」

たしかに母親は椛をとても可愛がってくれた。父は最初からいなかったし、母も早いうちに亡くなってしまったのは悲しいことだったが、それまではしあわせに暮らしていた。

そんな自分より、岩崎が可哀想に思えて、椛は抱き締めてあげたいような気持ちになる。椛には母も岩崎もいたが、岩崎には誰もいなかったのだ。彼の寂しさの根は、そこからはじまっていたのだろうか？

(何を……俺は絆されて)

復讐するのではなかったのかと自問自答する。

不幸な生い立ちだからといって、何をしてもいいわけじゃない。岩崎が椛を蜻蛉の身代わりにしようとしたことが、消えてなくなるわけではないのに。

(それに……もしかしたら蜻蛉も……)

悪くない家柄の出で、決して明るいとはいえない性質だったらしい蜻蛉もまた、岩崎と近い家庭環境で育っていた可能性だってあるのだ。そしてその共感は、岩崎が蜻蛉を好きになった理由の一つなのかもしれない。

(……って、何考えてるんだ)

そんなのは、まったくの妄想に過ぎない。

(……だけど外れている気もしない)

(だったら……俺が慰めたって)

岩崎の慰めには、きっとならない。

再び、襖の外から声がかけられたのは、そのときだった。

椛ははっとして、岩崎の膝から飛び出した。こんな姿を誰かに見られるわけにはいかない。ふいを突くかたちになって、岩崎の手も緩んでいた。

やや乱れていた裾を整え、襖のほうへ向かう。

そしてふと、開ける前に振り向けば、岩崎と視線が合った。彼は少し寂しげな微笑を浮かべていた。

「……」

なんだか、さっきまで椛のいた彼の膝が、ぽっかりと空《あ》いて見えた。

（……もう二度と、あそこへ座ることはないのかもしれない）

今夜膝に乗せられたことだって、本来ありえないような、事故のようなものだったのだ。これから先、同じようなことが起こるとは思えない。勿論、椛自身、彼に甘えるつもりもない。

椛は振り切るような気持ちで向き直り、襖を開いた。

＊

急な呼び出しで椛が席を外したあと、岩崎は座敷で一人、銚子を傾けていた。

膝にはまだ、椛の重さの余韻《よいん》が残っている。あんなことをしたのは、何年ぶりだったろう。

（……もう、そんな大きさじゃないのに）

我ながら何をやっているのかと、苦笑が零れた。

子供の頃にくらべて、当たり前だが椛はずいぶん重くなっていた。まだ少し脚が痺《しび》れているが、その痺れが心地良い。

手《て》ずから食事をさせたのも数年ぶりなら、赤くなったり青くなったりする椛を見るのもひさしぶりで、可愛らしかった。

(でも、もうこんなことも、これで最後かもしれない)

この頃、椛は変わったからだ。

以前は、椛自身がいくらおとなしく振る舞おうとしていても、どこか跳ね返ったような子供っぽいところがあった。

会えなかったあいだの他愛もないあれやこれやを一生懸命報告してきて、まるで今日一日学校であったことを親に聞いてもらおうとする子供のようだとさえ思ったものだった。

(本当に……いつまでも子供だと思っていた)

それが今は。

自分からはほとんど喋らなくなった。伏し目がちになり、睫毛が影を落とすその顔は憂《うれ》いを帯びて、ずっとおとなっぽくなった。

そんな椛の表情は、岩崎の脳裏から昔の記憶を引きずり出す。

(蜻蛉)

もともと椛は、蜻蛉によく似た顔立ちをした子供だった。

椛に初めて出会ったとき、昔一度だけ見たことのある、禿時代の蜻蛉の姿を思い出したのだ。

　この子は上手く育てれば、大人になったら、蜻蛉のような傾城になれるかもしれないと思った。誰にも媚びなくてもお職を張れるような、特別な傾城に。

（でも、中身はまるで似ていなくて）

　椛は蜻蛉よりずっと素直で、感情も豊かで明るかった。性格が全然違っていたから、表情の現れかたもまるで違っていた。傾城としての教育を試みる過程でも、子供だから仕方がないとはいえ、まだまだだと苦笑させられる場面もしばしばあった。

　なのにこの頃は、椛が蜻蛉そっくりに見える。たまに蜻蛉といるような気持ちになることさえあるほどだった。

　憂いを帯びた人形のように美しい蜻蛉に。

（あの日から……？）

　——岩崎様なんて大っ嫌い!!　もう顔も見たくない……！

　嫌がる椛を無理に抱いてから、だろうか。

（……いや、違う）

　もっと前からだ。

　もとより椛のことは大切に大切に守り、他に誰もしたことがないほど盛大に水揚げさせて、傾城として完璧に育て上げるはずだったのだ。無茶をするつもりなんてなかった。

なのに手をつけてしまったのは、椛の激しい拒絶にあったからだ。

——お帰りください……！

それは岩崎にとって、信じられないような衝撃だった。椛にあんなふうに拒否されるなんて、考えたこともなかった。椛は自分を慕ってくれていると思っていた。たとえ何度も登楼を断られようともだ。

（……だいたいそこからしておかしかった）

顔に客の前に出られないような怪我をしたから——というのは、一応筋の通った理由のようで、やはり何か違和感があった。今ではもうすっかり治ってしまった程度のものだし、前髪を下ろして隠そうと思えば隠せる場所だったことを思えばよけいだった。

何かあったとしたら、その前のはずなのだ。

（いったい何が……何かしたのか、ぼくが）

新造出しのあと、椛が挨拶にきたときまでは普通だった。

そのあと椛が急に酒をもらいに席を立って、それっきり——戻ってこなかった。

そして次に会ったときには。

——お帰りください……！　人に見つからないうちに、早く！

（とりつく島もなかった。……再度登楼してからも）

——いつも教えていただいているとおりにしているつもりです

傾城らしくなったと言えば言える。前は一生懸命取り澄ましても、地が透けて見えていたものだった。

——傾城はお人形のように取り澄まして、軽々しく笑ったりしないほうがいいんでしょう？

たしかにそう教えた。以前は教えたようにできない、いつまでも子供っぽい椛に苦笑していたはずだった。

（なのにどうして）

こうなって満足してもいいはずなのに、何故違和感を感じるのか——苛《いら》つくのか、これでいいと思えないのか。

自分でもよくわからなかった。

焦燥《しょうそう》に駆《か》られて何度も登楼し、何に苛立っているのかさえわからないままに、ひどいことをしてしまう。

（椛を抱いてしまう）

抱けば幼いからだは素直で、そのことにほっとした。快楽に咽《むせ》ぶ姿は可愛くてならず、つい苛《いじ》めたくなる。白くて細い、歳のわりには未熟な椛のからだ。貫くときには背徳感《はいとくかん》を感じずにはいられないけれど、快楽も深い。

（でも、もうこんなことはやめないと）

椛を傷つけるばかりだ。

だが今やめたからといって、椛の自分に対する壁のようなものがなくなることが、果たしてあるのだろうか？

彼は吐息をついた。

食べかけの台の物を見下ろし、大喜びで食べ物を口に詰め込んでいた昔の椛を思い出す。子犬のようだった椛が、ひどく懐かしかった。

（懐かしい……か）

それほど昔のことでもないのに、この遠さは何だろう。

「あ……」

ピッチを上げすぎたのか、いつのまにか銚子が空になっていたことに、彼は気づいた。

ふと腕時計を見れば、正確には覚えていないが、椛が席を外してから三十分以上は過ぎていた。

（……何をしているんだ？）

新造の身で廻しを取っているわけでもないだろうが、この頃、たまにこういうことがある。最初は名代の妓が来ていたが、二度目からはそれも断るようになっていた。

藤野のほうの手が足りないのだろうか。椛は藤野の部屋付きだから、藤野に客が重なっているときは、借り出されても不思議はない。とはいえ中座したことなど、以前にはほとんどなかったのに。

廓の段取りは、椛の自由になるものではないのだろう。

そう考えようとしても、心が離れたことを突きつけられたような気持ちにならずにはいられなかった。

（椛……）

大見世では、自分から敵娼を呼びにいくことは勿論、酒を貰いに行くことさえ野暮《やぼ》と言われる。おとなしく待っているほかはない。

（まったく、廓のルールときたら）

手持ち無沙汰《ぶさた》を振り払うように、岩崎は立ち上がり、さほど催《もよお》したわけでもない手水《ちょうず》へ向かった。

＊

岩崎とのことを諏訪に見られたあの日から、椛は諏訪が登楼するたびに名代に呼ばれるようになっていた。

藤野が来るまでのあいだ、話をしたり、碁《ご》や花札などをして過ごす。負けた方が勝った方の肩を揉む、顔に墨《すみ》を入れる、といった罰《ばつ》ゲームを賭《か》けて遊ぶのが、諏訪は好きなようだった。

約束どおり関係を強要されることはなかったが、藤野が来るまで解放してはもらえない。秘密を握られている椛は、諏訪の言うことを聞かないわけにはいかなかった。

(今まではあまり岩崎様と重なることがなかったからよかったけど……)

そういうときにまで呼ばれて、しかも拘束《こうそく》されるとは思わなかった。

椛はさすがに岩崎の座敷が気になってならないが、諏訪はのんびりしたものだった。

「岩崎様とは何年になるの」

花札を捲《めく》りながら、諏訪は聞いてくる。

「初めてお会いしたのは十二のときだから、五年近くになります」

その頃は、よく岩崎とも双六《すごろく》などをして遊んだものだった。遊んだ……というより、遊んでもらっていた、と言うべきだろうか。

(お客様に遊んでもらうなんて)

禿といえども、本当ならあるまじきことだ。鷹村には勿論内緒だったが、岩崎もよくつきあってくれていたものだと思う。普通の客なら、ありえなかっただろう。

(……懐かしい)

胸が痛くて、泣きたくなるような記憶だった。

岩崎はわざわざ遊廓まで来て子供と双六で遊ぶことの、果たして何が楽しかったのだろう。そう思い、先刻の岩崎の言葉を思い出す。

——……本当言うとちょっと憧れてたんだ、こういうの。自分はしてもらったこと、なかったからね……

(膝抱っこや肩車やなんかと同じように……遊んでもらったことも?)

「へえ……」

物思いに沈みかけていた椛は、諏訪の声ではっと我に返った。

「そんな頃から囲い込んで、理想の妓を育ててきたわけだ。まあ光源氏の昔から、そういうのって男の夢だよな」

「光源氏……」

そういえば、諏訪はそんな話を藤野としていた。立ち聞きしてしまったときのことが、苦く脳裏に蘇った。

「で……? 岩崎さんは、椛ちゃんがまだ若紫《わかむらさき》だった頃からあんなことを?」

「まさか……っ、違いますっ……!」

若紫とは、禿の頃という暗喩《あんゆ》だろうか。思わず大きな声をあげてしまい、椛ははっと口を押さえた。

（……おとなしく振る舞わないと……）

もう子供ではない、傾城になる身なのだから。

けれど諏訪は笑っている。品のない態度を叱られることはなかった。楽しげで、椛の態度を不快に思っているようには見えない。

「じゃあ、いつから？」

「いつって……」

「今さら咎めたり、人に言ったりしないよ」

躊躇《ためら》う椛を、諏訪は促す。恥ずかしさにうつむきながら、椛は答えた。

「……新造出しが終わってからです……」

「さすがに最近かあ。俺はてっきり、岩崎さんってそういう趣味のある人かと思ってたよ。ほら、子供が好きとか……」

「岩崎様は変態じゃありません……！」

揶揄《からか》われ、椛は再度声を荒げてしまう。

諏訪はにやにやと笑った。

「岩崎さんのこと、かばうんだ？」

「そ……そんな、かばうなんて……っ、ただ俺は本当のことを」

狼狽《うろた》える椛に、諏訪はまた笑った。かばうつもりなどなかったのに、語るに落ちた感じだっただろうか。

「……蜻蛉っていうのはさ、凄く綺麗な妓だったらしいね」

と、諏訪は言った。

「ええ……」

「ま、俺には藤野より綺麗な妓がいるとは思えないんだけどねえ。いや、椛ちゃんも可愛いけど」

諏訪は明るく続ける。真面目な話だと思っていた椛は、つい目をまるく見開いた。

けれど冗談ぽく言ってはいても、その言葉には諏訪の本音が覗いている気がした。彼は藤野のことが本当に好きなのかもしれないと思う。悪びれない科白に、比較されても少しも気分は悪くない。諏訪の人徳によるものか、――それとも、彼が岩崎ではないからなのだろうか。

「でもいくら美人だったか知らないけど、そんな妓のどこがよかったのかと俺なんかは思うけどね。お人形みたいに澄ましてて、滅多に笑いもしないんだろ？」

「……それがたまに微笑うからいいんだそうです」

「へえ。俺なら、いつも笑ってるほうがいいけどな」

「藤野さんだって、そういうタイプじゃないでしょう？」

「いや、よく笑うよ。にやりって」

諏訪の言葉はたしかにそのとおりで、椛は軽く噴き出してしまった。

(いけない、お客様の前で)

そう思ってももう遅い。けれどそんな椛を、諏訪は咎めず、楽しげに眺めている。そして彼は言った。

「そうやって笑ってるのが可愛いよ、椛ちゃんは」

「諏訪様……」

諏訪は今のままの椛を可愛いと言ってくれる。そのことに、椛の心はじんと温かくなる。彼は椛に優しく笑いかけてくれる。

なのに椛は、そう言ってくれたのが岩崎だったら、などと思ってしまう。他のお客を岩崎と同じように考えることなど、生涯できないのかもしれなかった。

椛は手札に視線を落とした。

「あ……」

そしてふと、最後の一枚で、場にあった鹿《しか》の札を拾えることに気づいた。

「猪鹿蝶《いのしかちょう》……!」

「ああっ」

やられた、と諏訪が叫んで顔を伏せる。そのしぐさが可笑《おか》しくて、椛はまた笑ってしまった。

諏訪はやれやれと肩を竦《すく》め、立ち上がった。

「じゃあ、俺が揉む番ってことで」

言いながら、椛の後ろに回る。

「あ……あの、やっぱり俺、お客様にそんなことをしていただくわけには……」

「いいからいいから」

かまわず諏訪は、立ち上がろうとした椛の肩を押さえて座らせ、揉みはじめる。自覚はなかったが、それなりに凝《こ》ってはいたのか、解《ほぐ》されればやはり快かった。

「あの……諏訪様」

けれど椛は、気もそぞろにならずにはいられない。

「うん？」

「その……そろそろ俺……」

岩崎のところへ戻らなければならないのだ。ちょうど区切りもついたし、もうだいぶ時間も過ぎている。感情的なことはともかくとしても、客を長いあいだ一人にしておくわけには、やはりいかないと思う。

「いいじゃない、あんなやつ放っとけば？」

諏訪は椛の肩から手を放してはくれない。

「そういうわけには……」

言いかけて、ふいに気配を感じた。

椛ははっと廊下のほうへ視線を向ける。そして開け放したままの障子の向こうに、一人
の男の姿を見つけた。

「岩崎様……！」

椛は思わず叫んだ。驚いて、彼を見つめたまま動くこともできなくなる。

抑えてはいるけれども、岩崎の表情には激しい憤《いきどお》りが窺《うかが》えた。

だいぶ待たせることになったのを、彼はひどく怒っているのだろう。だがそれにしても、
他の座敷に乗り込んでくるなどということは、大見世では考えられないことだった。人に
知れたら、どんなに誹《そし》られるか知れない。

昔からの見世の馴染みである岩崎が、それを知らないはずはなかった。なのに、こんな
真似をするなんて。

今まで聞いたこともないほど低い声音で、岩崎は言った。

「……返してもらってもいいですか。椛はうちのですから」

そして椛に視線を移す。

「おいで」

「……っ」

岩崎に、おいで、と言われるのが好きだった。少し前までは、仔犬のように飛んでいっ

たものだった。

（でも）

今同じ言葉を聞いて、椛は躊躇う。

座り込んだままの椛の手を、岩崎が摑んだ。そのまま強引に立たせ、座敷から連れ出そうとする。

「おやぁ？」

そのとき、諏訪が口を挟んできた。

「知らなかったなあ。岩崎財閥の御曹司が、他人の座敷に乗り込んできて名代の新造を攫《さら》っていくような、無礼な人だったとは」

「……っ、諏訪様……っ」

まるで挑発するかのような科白に、椛のほうが狼狽えた。

椛の手を摑んだまま、岩崎は諏訪を睨《ね》めつける。

「これは失礼しました。すぐにかわりの新造を寄越《よこ》すように、見世には言っておきますので」

言葉だけは丁寧だが、底に流れる冷たい響きに、椛はぞっとした。岩崎にはこういう一面がある。最近になって何度か目《ま》の当たりにしたのと、同じものだった。

手を引かれ、立たされる。

「ちょっと待ってもらえます？」

諏訪は引き下がらなかった。

「椛ちゃんはあなたのものと決まったわけじゃないでしょう」

岩崎は眉を寄せた。諏訪は続ける。

「水揚げには、この俺も立候補してるんですけどね？」

その科白は、岩崎に大きな衝撃をあたえたようだった。一瞬、息を呑む気配がした。岩崎は低く言った。

「――そんな話は聞いていない」

「言ってないの？　椛ちゃん」

椛も承知だと言わんばかりのその科白に、岩崎は絶句したように椛に視線を落とした。

「……どういうことなんだ？」

「……」

「椛」

「……っ」

岩崎があんな真似をしなければ、諏訪が水揚げに名乗りをあげてくるようなことにも、おそらくならなかったのだ。すべての元凶《げんきょう》は岩崎自身にある。なのに椛は、諏訪と関わってしまったことに、罪悪感を覚えずにはいられなかった。――これも刷り込みというものなのだろうか？

「……諏訪様は、すべて承知の上で、俺の水揚げを引き受けると言ってくださいました……」

椛は顔をあげられないまま答えた。

諏訪と椛とのあいだで何があったのか、岩崎は悟ったようだった。

「……つまり、椛を脅《おど》したというわけか。まるでやくざだ」

彼は吐き捨てるように言った。

「それは……っ」

椛は思わず顔をあげた。たしかに事実だけを見ればそうなのかもしれなかった。だが、単純に脅されたという言葉では表現しきれないものが、諏訪とのあいだにはあったのだ。ひどい言いかたをして欲しくなかった。

だが岩崎に鋭い一瞥《いちべつ》を投げられ、椛は言葉を呑み込んでしまう。

「……おまえは、この男に水揚げされたいとでも思ってるのか？」

「えっ――」

そんなことを聞かれるとは思わず、疑われるとも思っていなかった椛は絶句した。

「ぼくが譲《ゆず》るとでも思ってる？　たとえ何があろうと、椛はぼくのものなのに」

「そう思ってるのは、あなただけだったりして？」

揶揄《やゆ》するように、諏訪が口を挟んできた。

「何を馬鹿な」

「椛ちゃんに聞いてみたらどうです」

岩崎は椛へ視線を落とした。椛は思わず目を逸らしてしまう。

予想に反して、岩崎は椛を問い詰めようとはしなかった。

「――聞かなくてもわかってる。禿の頃から、椛はぼくが育ててきたようなものなんだから」

聞くまでもないと言わんばかりの科白は、椛の心を逆撫《さかな》でした。

（そう……若紫のように）

たしかに岩崎にはどんなに可愛がってもらったか知れなかった。椛にとってこの五年の日々は、岩崎なしでは想像さえできないほどのものだ。今でもやはり感謝を感じないと言ったら嘘になる。たくさんの思い出がある。

（でも）

その思い出こそが今は痛い。岩崎が可愛がってくれたのは、椛自身ではなかったからだ。蜻蛉に似た、このうつし身にすぎない。

岩崎は、椛を蜻蛉の身代わりにしようとして育ててきたにすぎないのだ。

（そして岩崎様に水揚げされたら、ずっとそれが続く……？）

そう思った途端、椛は渾身《こんしん》の力で岩崎の手を振りほどいていた。

「椛……!?」

驚く岩崎に、椛は叫んだ。

「俺が岩崎様のものでも、岩崎様は俺のものじゃないでしょう……!?」

岩崎は眉を寄せた。

「何を言ってるんだ……?」

椛自身、理不尽《りふじん》なことを言っているという自覚はあった。

岩崎と椛とは、客と娼妓——しかもまだ表向きに認められてさえいない関係でしかない。

客が「自分のもの」であることを希《のぞ》むなど、おこがましいとしか言いようがない。

なのに止まらなかった。

「若紫なんて嫌です……!」

「若紫……?」

「椛は色が変わるけど、紫にはなれません。俺は蜻蛉じゃありません……!」

岩崎の息を呑む気配が伝わってくる。ああ、ついに言ってしまった、と椛は思った。このまま崩れて、座り込んでしまいそうだった。

彼は呆然と問いかけてきた。

「何故蜻蛉のこと……、いつから知ってたんだ」

「……聞いたんです。凄く綺麗な人で、夢中だったって。身請けも決まってたのに、裏切られて。……その人に似てるから俺のこと、可愛がってくださったんでしょう？」

それならそれで、娼妓としてそれを利用することも考えた。でもやはり、椛には荷が勝ちすぎたようだ。

「身代わりなんて、やっぱり嫌です……！」

「椛……」

「俺だってあなたのものじゃありません。あなたなんかに水揚げしてもらいたくありません!!」

岩崎のものになれたら、と思う。水揚げは勿論、身請けさえ夢見たことがないとは言えなかった。

けれどもし岩崎が身請けしてくれるとしたら、それは椛が蜻蛉に似ているからだ。椛自身を愛してくれたからではない。

（そうしたら俺は、一生あの人の身代わりとして生きていかないといけない）

それはどうしても耐えられないのだ。

「諏訪様は、何もかも承知で俺を希んでくださってます」

「何を言ってるんだ。誰が一番おまえを希んでいると思ってるんだ!?」

「俺自身を見てくれてます……！」

言葉は悲鳴のようになった。

岩崎が何か言おうと唇を開く。そのときだった。

「なんの騒ぎです……⁉」

誰かが知らせに走ったのか、地獄耳で聞きつけたのだろうか。

駆けつけてきた鷹村《たかむら》が、鋭い声を放った。

それを聞いた途端、緊張の糸が切れ、椛はその場に崩れ落ちていた。

*

「――他のお客様のお座敷に乗り込むなんて、まったく信じられないことをなさる」

鷹村は心底呆れたようなため息をついた。

岩崎はあの場から退場させられ、鷹村の私室へと一人連れていかれた。鷹村が部屋へ戻ってきたのは、一応の事態の収拾《しゅうしゅう》を終えてからのことだった。

「椛は……？」

「ようやく少し落ち着きましたが」

「そう……」

椛が蜻蛉とのことを知っているとは思わなかった。だがこれでようやく謎は解けたのだ。

「岩崎様ともあろうおかたが、どうしてあのようなことを……？」

鷹村は問いかけてくる。岩崎は苦く笑った。

「岩崎様ともあろうおかた、か。……本当は、昔から少しも変わってないと思っているんだろう？」

岩崎の自虐的《じぎゃくてき》な言葉に、鷹村は肯定《こうてい》のため息を漏らす。

通りすがった座敷に椛の姿を見つけて、岩崎は動揺せずにはいられなかったのだ。

椛が自分を放ったたまま他の客と楽しげに遊び、からだにまで軽々しくふれさせていた。

ただ肩を揉ませていただけであっても、ゆるせなかった。

そして何より、椛が笑っていたからだ。それを見た途端、逆上した。気がついたら踏み込んでいた。

あれ以来、一緒にいても椛の笑顔など、彼は見たことがなかったのに。

「……あの男が椛の水揚げに立候補してるって話は、本当なのか」

「ええ」

「な……っ」

あっさりとした鷹村の答えに、岩崎は一瞬絶句した。椛や諏訪が何を言おうと、見世にまで話が通っているとは思わなかったのだ。

「いずれきちんと岩崎様にもお話するつもりでしたが、諏訪様からもぜひにとお申し出をいただいております。藤野も承知していることです」

「どういうつもりなんだ……⁉　椛はぼくの」

岩崎は思わず、座卓を叩いて怒鳴った。

「あなたのものと決まったわけではないでしょう。……というより、娼妓は誰のものでもありません。身請けでもしない限りはね」

「……それとも攫うか、だろ」

岩崎の嫌味にも、鷹村は眉一つ動かさなかった。

「昔……まだ禿に過ぎなかった椛のもとにあなたが登楼することを認めたのは、たしかに蜻蛉の件があったからです。でも、あれから何年たったと思っているんです？　いつまでもこちらが負い目を持っていると思ってもらっては困ります」

「時効、ってわけか」

自然、吐き捨てるような科白になる。

鷹村は静かに続けた。

「……蜻蛉との経緯《いきさつ》を抜きにしても、あなたのようなお客様を持つことは、見世にとって願ってもないことでした」

「だろうね」

大見世で大盤《おおばん》振《ぶ》る舞《ま》いして遊べるような客は、世の中のほんの一握りに過ぎない。花降《はなふり》楼《ろう》にしても、優雅《ゆうが》なふりを保ちながら、水面下では他の高級娼館と激しく客を奪い合っているのだ。岩崎のような客は、どれほど貴重《きちょう》か知れない。どんなきれいごとを言っても、禿のうちから通わせるなどという横紙破りを通した本音が、結局のところそこにあるのは聞くまでもないことだった。

「勿論、椛にとってもです。椛が傾城となった暁《あかつき》には、あなたはこのうえない後援者になってくださることでしょう。花代さえきちんと支払ってくださるなら、そのほかのことで文句を言う権利は、椛にはない。たとえあなたが椛を蜻蛉の身代わりとしか見なかったとしても、ね。——そうでしょう？」

「……っ、ぼくは……」

「罪悪感がおありになる？」

鷹村の問いかけには、薄笑いのような意地悪さが含まれている気がする。

岩崎はそれ以上、言葉が出てこなかった。なんと言おうとしたのか自分でもわからず、けれどたしかに反論したかったはずなのに。

「……でも、聞いてみたいものですね」

と、鷹村は言った。

「長いおつきあいになるよしみで、教えていただけませんか。あなたは今でも椛に、蜻蛉のような傾城になって欲しいと思っていらっしゃるんですか？」

「――……」

以前なら、勿論そのとおりだとすぐに答えられたはずだった。椛を蜻蛉のうつし身にするために、長いあいだ育ててきたのだ。

なのに、言葉が出てこないのはどうしてなのだろう。

「まあ、無理に答えてくれとは申しませんが」

鷹村は流す。

「――ともかく、椛の水揚げについては、岩崎様にも諏訪様と競っていただくことになります」

「何を言ってるんだ……！」

鷹村まで、わからないことを。

「椛のことは、禿の頃からぼくが面倒見てきたんだ。今さら他の男に」

「これまでにも、水揚げを希望されて競り負けたかたは、大勢いらっしゃいます」

「鷹村……！」

しれっとした声が、憎らしいほどだった。

「そいつらとぼくは違うだろう……！」

「なんと言われようと、諏訪様から破格《はかく》の条件を申し出ていただいた以上、岩崎様だけを特別扱いにすることはできません。たしかにこれまで椛には目をかけていただきましたが、それで水揚げまで約束したことになるなら、お客様は禿の頃に好みの子に目をつけさえすればいいということになってしまいます」

「屁理屈《へりくつ》だ……!!」

どう考えても鷹村の言っていることのほうがおかしいと思う。なのにその涼しい顔に罅《ひび》を入れることができない。

(いっそ脅すか？)

既に椛には手をつけたのだと――そのことを知られたくなければ水揚げの権利を渡せと言えば。

けれど岩崎は、結局できなかった。

(それを言えば、椛に瑕《きず》をつけることになる)

諏訪には知られたが、これ以上は誰にも漏らしたくない。ましてや、見世に知られることは避けたかった。鷹村は表に対しては極力隠そうとするだろうが、椛に対してどう出るかは賭になる。折檻《せっかん》でもされることになったら。

「それに……」

鷹村は言った。

「何も知らなかった頃ならばともかく、今となっては……椛にとっても蜻蛉の形代《かたしろ》として水揚げされるよりも、自分自身として諏訪様に可愛がっていただくほうが、しあわせかもしれませんから」

その言葉に頷くことは、岩崎にはとてもできなかった。けれど反論もできず、ただ拳《こぶし》を握り締める。

(椛の水揚げを他の男がする)

そんなことが許せるわけがなかった。

何度も抱いた椛のからだを思い出す。他の男が、あのからだにふれるなんて。

「……水揚げは譲れない」

他の誰にも抱かせたくなかった。それどころか、本当は肩を揉まれていただけでも耐え難《がた》かったのだ。

だがそれを口にしても、一笑《いっしょう》されることはわかりきっていた。この先、色子として一本立ちするはずの妓に対して、これ以上ないほど馬鹿馬鹿しい言いぐさだからだ。

「でしたら……競り勝っていただくほかはありませんね」

と、鷹村は言った。

「諏訪様以上の条件をお示しください。そうすれば、椛の水揚げはあなたのもの。水揚げの相手を決めるのは、あくまでも椛ではなく見世ですから」

まるで決めるのが椛なら、岩崎は選ばないと言われたようなものだった。
それでも、譲ることなど彼にはできなかった。

【6】


その日から再び、登楼を申し入れても拒絶される日々が続いた。

風邪ということだが、本当だとは思えない。椛《もみじ》が嫌がり、それを鷹村《たかむら》が容認しているというところだろうか。

(蜻蛉《かげろう》の仮病を思い出すな……)

気が乗らなければ、蜻蛉は適当な理由をつけて、気まぐれに客を断っていたものだった。岩崎《いわさき》自身、何度そういう目に遭《あ》わされたか知れない。

だが、椛が蜻蛉の振る舞いを踏襲《とうしゅう》しているからといって、嬉しいとはとても思えなかった。

(今日……帰国しても)

手帳を開いて、予定を確認する。帰ったらすぐに電話して予約を入れるつもりだが、また拒否されるかもしれない。

深い吐息が零れた。

空港で荷物を預けてしまい、手に持っているのは紙袋一つだけだ。中には、美しく凝った菓子の箱が入っている。出張の途中で買ったものだった。

椛の笑顔が瞼に浮かんで、つい手にとってしまった。椛は、傾城にとっては必需品なはずの仕掛けや簪《かんざし》などよりも、菓子や好物の台の物のほうが、ずっと喜ぶ。そんな椛に、一人前にはまだまだだと苦笑が漏れたりしたものだったけれど。

（もう、椛は喜ばないかもしれない）

それどころかこのまま登楼を断られ続け、渡す機会さえないかもしれない。ことづけても、椛は受け取ろうとしないかも。

――俺だってあなたのものじゃありません。あなたなんかに水揚げしてもらいたくありません……!!

椛の言葉を思い出すと、椅子に沈み込んだまま立ち上がれなくなりそうだった。

（椛に会いたい）

仕事であちこちを飛び回る合間にも、ふとした折々に瞼に浮かんで離れなかった。どれほどあの笑顔に癒されていたか、今さらのように思い知らされる。可愛い、ただ愛《いと》おしいというだけではなくて、自分の身の一部のように感じていたことを。

（なのに、ぼくが壊した）

ずっと膝の上で育ててきたようなものだったのに。

椛が何を言おうと、諏訪《すわ》がどんなに値を吊り上げようと、水揚げは誰にも譲るつもりはなかった。

（どんな手を使っても。――そのあとだって）

会わないなんてことも、もうこれ以上はゆるさない。どんなに椛が嫌がってもだ。

（……だけど）

どんなに強制してもしきれないことがある。たとえ無理矢理登楼して会っても、昔のように椛を懐かせ、甘えさせることができるわけではない。

（椛の笑顔を見ることは、二度とできないのかもしれない）

その可能性に深い絶望を覚えながらも、それでも失えないと思う。絶対に手放したくない。搦《から》め手ならいくらでもある。

岩崎は手帳を閉じ、表紙に唇を押し当てた。

搭乗《とうじょう》アナウンスに従って立ち上がる。日本へ着いたら、その足で花降楼へ行くつもりだった。

「――っ、椛……!?」

そのとき岩崎はふいに、行き交う人々の中に、椛の笑顔を見つけた気がした。

思わず立ち止まり、周囲を見回す。勿論、こんなところに椛がいるはずはない。椛は大門の外にさえ出ることはできない身の上なのだ。わかっているのに、つい足を止めて探してしまう。もしかして、と――。

そしてため息をついた。

(何を馬鹿なことを)

よほど疲れているのか――求めているのか。

苦笑して、また歩き出そうとする。

その瞬間、岩崎は自分が何を見たのかを理解した。

(蜻蛉……!)

今度こそ間違いなかった。先刻椛だと思ったのは、蜻蛉だったのだ。

(蜻蛉……)

蜻蛉は少し離れたカウンターで航空券を受け取っていて、こちらに気づいてはいない。

呆然と、岩崎はその姿を見つめた。

(まさか、こんなところで会うなんて)

日本でさえない場所でだ。だが向こうも既に自由の身である以上、こんな偶然も可能性がまったくないわけではなかったのだ。

当然だが、もう仕掛けを纏《まと》ったりはしていない。束ねた髪も見世にいた頃よりはだいぶ短くなって、白っぽいスーツを纏っていた。想像したこともない姿が、けれど艶《つや》めいて美しかった。

(蜻蛉を見て……椛と間違えたのか、ぼくは)

失笑が零れた。

「は……」

柱に背を凭《もた》せ、岩崎は喉で笑い続けた。

いつのまにか――おそらくとっくの昔に、彼の中で、椛と蜻蛉の立ち位置は入れ替わっていたのだ。そのことに、本当は気づいていたはずなのに。

(馬鹿だ)

自分で自分を殴り殺したいような思いだった。――もっと早く自分の心を見つめていれば、椛を傷つけることも、心を失うこともなかった。

(馬鹿だ……!)

蜻蛉は航空券を受け取ると、カウンターを離れて歩き出した。そして、やがて何かを見つけて、怜悧《れいり》な雰囲気がふわりとやわらかくなる。

その視線の先には、少し離れた壁際に立ち、携帯電話で喋っている男がいた。その相手の姿にも、やはり見覚えがあった。

(……綺蝶《きちょう》)

身請けを目の前にして、蜻蛉を攫っていった相手だった。

こちらは蜻蛉よりも更に様変《さまが》わりしていた。髪も短くなり、スーツも板について、年齢以上の落ち着きさえ見てとれる。蜻蛉と双璧《そうへき》と謳《うた》われた頃の傾城らしさの名残《なごり》は、纏わりつく色気にだけ残っていると言ってもよかったかもしれない。

彼がこんなふうに変わるなんて、あの頃からすれば想像さえつかなかった。

蜻蛉が航空券を一枚渡すと、彼は当たり前のようにそれを受け取り、携帯を切った。

——十時半までに九番ゲートに。まだ少し時間あるけど、食事でもするならこの上の階に……

蜻蛉の声が、微かに洩《も》れ聞こえてくる。綺蝶はそんな蜻蛉を緩んだ顔で見つめていた。

——お姫様も、もうすっかり何でも自分でできるようになったよな
同じことを岩崎も思っていた。そして少なからず驚いてもいたのだ。

他人の分までチケットを受け取り、搭乗までの段取りを考えるなど、見世にいた頃の蜻蛉なら考えられないことだったからだ。たったそれだけのことといえばそのとおりだが、だからこその「お姫様」だったのだ。

——何言ってるんだよ、航空券受け取ってきたくらいで。それにその呼びかた……！

——はいはい。わかったよ。——尚《しょう》
艶っぽく、綺蝶が囁く。最後の呼びかけは、蜻蛉の本名なのだろうか。彼の頬が少しだけ紅潮する。

——む……無駄に色気出すなよ……っ

――ごめん。有り余ってて
――ばか
綺蝶は笑い、蜻蛉の背を抱いて促す。
――とりあえず、上行って何か食べようか
――うん
蜻蛉もまた笑い返した。見たこともないような、自然な笑顔だった。岩崎といたときとはまるで違う蜻蛉が、そこにいた。
(……しあわせなんだな)
と、岩崎は素直に思った。
大切にされ、外の世界にも馴染んで。おそらくは旅行というよりは仕事――留学かもしれない。二人で外国へさえ来られるくらいに。
(椛も……少し前までは、あんな顔で笑っていたのに)
笑顔を奪ってしまったのは、自分だ。
(いや……他の男には笑うのか……)
諏訪といるときには、椛は笑っていた。
それなら、自分さえ椛から手を引けば、椛はしあわせになれるのだろうか。蜻蛉が彼から離れて、綺蝶と今しあわせなように。

(椛を手放す……？)

想像してみるだけでも身を切られるような痛みだった。そんなことは、今までちらとも考えたことはない。たとえ椛の笑顔も心も失ったとしても、からだだけでも縛るつもりだった。——だけど。

(……そのほうが椛はしあわせになれるのか。今の蜻蛉みたいに……？)

その事実が、岩崎の心を揺さぶる。

蜻蛉は綺蝶とともにエスカレーターを上がり、階上へ消えていった。

岩崎はその姿を目で追いながら、ずっと抱いていた疑問の答えがわかったような気がしていた。

どうせああいうことになるのなら、何故もっと早い時期に、綺蝶は蜻蛉を見世から連れ出さなかったのか、と。——あの頃の綺蝶もまた、おそらく今の自分と同じことを考えていたのに違いなかった。

そう思うと、どれほど憎かったか知れない男への憎しみも、蜻蛉への愛憎《あいぞう》も淡く溶けていく。

(蜻蛉のときは……ぼくは考えもしなかった。蜻蛉にとって、何が一番のしあわせか、なんて)

ただ闇雲《やみくも》に手に入れようとするばかりで。

けれど今は、椛に対して同じように考えることが、岩崎にはできない。

（椛に、また笑って欲しい。しあわせでいて欲しい）

たとえ自分の腕に抱くことができなくなっても。自分の身の一部のように——それ以上に愛しい子だからだ。

数年ぶりに蜻蛉の姿を目にしたのに、椛のことばかり考えている自分が、岩崎は少し可笑しかった。

【7】

そして秋、椛《もみじ》は複雑な思いで水揚《みずあ》げの日を迎えていた。

椛の水揚げを巡《めぐ》っては、岩崎《いわさき》と諏訪《すわ》とが争い、嘗《かつ》てないほどの金額に吊り上がったという。

――困ったね
楼主《ろうしゅ》は椛を呼びつけ、少しも困っていない顔で言ったものだった。傍《そば》で鷹村《たかむら》が眉《まゆ》を顰《ひそ》めていた。

――このままでは蹴りがつかない。どこまで上がるのか、愉《たの》しませてもらおうかとも思ったが、他の妓やお客様との兼《か》ね合いというものもある。だからここは一つ、おまえに選ばせてあげようと思うんだ
――俺に……？

――そう。どちらに水揚げしてもらいたい？

（昔は……）

水揚げの日を何度も思い描いた。初めてのはずの行為への畏《おそ》れは大きかったが、他の妓《こ》たちとは違い、椛の相手になる予定だったのは、子供の頃から慈《いつく》しみ、目をかけてくれた岩崎だ。それはとても幸運なことだと思っていた。

刷り込まれている、とはこういうことなのだろうか。

椛の心は岩崎に傾く。

（なのに……）

どうしてもこれ以上、蜻蛉《かげろう》の身代わりにされるのは嫌なのだ。

椛が岩崎を選べば、彼はきっと椛の上に蜻蛉を重ねて水揚げをする。そのあともずっと、蜻蛉にはできなかったことを、すべて椛で果たそうとするだろう。

（そして俺はあの人の一挙手一投足《いっきょしゅいっとうそく》を疑う……！）

自分がそれに耐えられるとは、とても思えなかった。

椛は悩んだ末に、諏訪を指名した。

（以来、岩崎様からの登楼のお申し入れもなくなった……）

そのことに、椛は大きな衝撃を受けた。自分で何度も拒んでおきながら、岩崎が登楼しなくなる日が来るなんて、思ってはいなかったのだ。

（だって……俺のことはともかく蜻蛉のことは？）

蜻蛉と同じ顔を持つ存在は、椛しかいない。だから岩崎が椛への執着を失うことはない

──そのはずだったのに。

ある意味、甘えていたとも言えるだろうか。

（……どうせ本人じゃない妓なんて、もういらなくなった？）

そう思うと、泣いてしまいそうだった。でも、泣くわけにはいかない。もうすぐ諏訪がここへやってくる。水揚げがはじまる。

──本当にいいんですね？

鷹村の念を押す科白を思い出す。

──はい
と、椛は答えるしかなかった。

覚悟を決めているはずなのに、岩崎しか知らない身で、他の男に抱かれることはひどく恐ろしい。唇が触れ、指が肌を這《は》うことを、想像しようとするだけで頭が拒否する。けれど、どのみちいずれは避けられないことなのだ。どうしようもなく苦手なタイプの相手を宛《あて》がわれる色子もいることを思えば、二人目の相手が、好感を抱いてはいる諏訪であることは、むしろこれも幸運だと言えただろう。

椛は、お守りのように袂《たもと》に隠してきた飴玉《あめだま》を、そっと取り出した。

最後に岩崎が吉原を訪れたとき、鷹村に託《あず》けて帰った外国土産だった。椛が登楼を拒んだからだ。

それ以来、岩崎が登楼を申し入れてくることはなかった。

昔から、どんな高価な贈り物をもらうよりも、お菓子のほうが嬉しかった。それは岩崎が「椛のために」買ってきてくれたものだとどこかで感じていたからだったのかもしれない。

（……甘い）

唇に含むと、ひどく甘くて涙が滲んだ。

今までは、岩崎の膝に抱かれて生きてきたようなものだった。

（……でもこれからは、本当に別々になってしまう？）

あれほど登楼を拒んでおきながら、岩崎がその想像は悪夢のようだった。ずっと一緒だったのに、もう二度と会えなくなるなんて。

「……っ」

素直に岩崎の水揚げを受けておけばよかったのではないだろうか。たとえ蜻蛉の形代《かたしろ》だったとしても、もう岩崎は蜻蛉本人とは終わっているのだ。彼は椛を可愛がってはくれるし、花代も惜しみなく使ってくれる。それで満足しておけばよかったのではないか。

抑えつけても抑えつけても、そんな考えが頭を擡《もた》げてくる。

（やっぱり離れたくない）

刷り込みでもなんでもいい、この気持ちが嘘だとは思えないのだ。

（どっちにしても今さら遅い……！）

ふいに襖の向こうで微かな物音が聞こえたのは、そのときだった。

（来た……！）

水揚げの儀式がはじまる。

椛はびくりと顔を上げた。

次の瞬間、襖が開いた。そしてそこに立っていた男の姿を見て、椛は呆然と目を見開いた。

「い……岩崎様……」

椛は思わず立ち上がってしまった。

何故岩崎が現れるのだろう。ここへ来るのは、諏訪のはずではなかったのだろうか。

何が起こったのかわからなかった。岩崎に水揚げしてもらえばよかったなんて、今さらなことを考えていたから、夢でも見ているのではないのか。

岩崎は椛を見て、ふわりと微笑む。その笑顔が優しくて、椛はまた目の奥が痛くなるのを感じた。

彼は、金屏風《きんびょうぶ》を背に、椛の隣に腰を下ろした。

鷹村と禿たちも部屋へ入ってくる。

（夢じゃない……？）

椛は二人をかわるがわる見た。

「ど……どういうことなんですか……？」

「……楼主の意向《いこう》です」

鷹村は憮然《ぶぜん》と答えた。

「楼主の……!?」

「おまえの水揚げは、岩崎様にお願いすることになりました」

岩崎の姿を見たときから予想はついていたこととはいえ、椛はやはり驚かずにはいられなかった。

岩崎に視線を落とせば、当たり前のこととはいえ、彼には事情がよく飲み込めているらしい。穏やかな表情は変わらない。

「……椛」

と、岩崎は椛の名を呼んだ。それだけで、椛の胸はきゅっと疼《うず》く。呼びかけてくれるときの、岩崎の声が大好きだったからだ。

「座ってくれないか？」

「……でも」

「おまえが嫌なら、手はふれないから。……約束する」

「そ……そんなこと……っ」

水揚げにやってきて、ふれないとはどういうことなのだろう。それでは何をしに来たのかわからないではないか。

「椛」

鷹村にも促《うなが》され、椛はまだ戸惑いながらも、しかたなく座った。

水揚げの儀式が、相手を変えて執《と》り行われる。

行灯《あんどん》の淡い光の中でちらちらと見れば、ひさしぶりに顔を合わせるせいもあるのだろうか、岩崎の姿は以前より美しく見えた。

（変なの……もうお逢いしたくないとさえ思っていたはずなのに）

なのに、傍にいるとどきどきするのはどうしてなのだろう。

盃に酒が注がれ、三三九度の盃を交わす。

それが終わると、鷹村や禿たちは部屋を出て行き、あとには椛と岩崎だけが残された。

正面を向いていた岩崎の視線が、椛を捉《とら》える。

「……ひさしぶりだね」

と、岩崎は言った。

なんでもない科白なのに、深い思いが込められているような気がした。

椛は長いあいだ彼を拒んでいたことに小さな罪悪感を覚えながらも、あれ以来、登楼の申し入れをしてこなくなっていた岩崎に対する恨《うら》めしさも、同時に感じずにはいられなか

った。どうしてなのか、聞きたくても聞けなかった。

「……楼主の意向って、……どういうことなんですか……？」

そもそも水揚げの相手を椛に選ばせたこと自体が、楼主の意向だったはずなのに。

「……椛が、水揚げに諏訪を選んだって聞いてね。それが椛のしあわせなら、諦めようって一度は思ったんだ。だからしばらく登楼も控えようとして——だけど、やっぱり無理だった。椛を他の男に渡すのは、どうしても嫌なんだ。耐えられない。それくらいなら相手を始末してでも——」

「岩崎様……っ」

物騒な言葉に息を呑む。なのに、嬉しいと思ってしまうのは、どうしてなのだろう。

「ごめん、怖いことを言って」

岩崎は、宥《なだ》めるように椛の髪にふれる。

「——諏訪に手を出したりはしてないよ。楼主に直談判《じかだんぱん》しただけだ。……うちはもともと祖父の代に、花降楼立ち上げのときにも出資してるし、まんざら縁《えん》のない間柄《あいだがら》でもないからね。それに岩崎商事は、彼の他の事業とも関わりがあるし……」

事業上の有利な取引を岩崎に持ちかけられ、土壇場《どたんば》になって楼主は椛の水揚げの相手をすげ替えたということか。それどころか、脅すような真似をした可能性だってある。

椛は口を開けて岩崎を見てしまう。

水揚げの権利を得るために、正面から大金を積むばかりではなくそんな搦《から》め手に出てくるなんて、椛は考えたこともなかった。

だが、岩崎がそこまでしたのは、どうしてなのだろう。

（蜻蛉に似たこの顔が、やっぱり惜しくなったから……？）

椛はそう思わずにはいられない。

「椛……ぼくはおまえに謝らなきゃならない」

と、岩崎は言った。彼は、少し切《せつ》ないような視線を椛に向けていた。

「岩崎様……」

「昔……、鷹村の部屋で初めて椛に出会ったとき、蜻蛉にそっくりだと思ったんだ。だから、どうしても手に入れたくなった。昔のことを盾《たて》に取って鷹村をなかば脅しさえした。これで今度こそ、ぼくだけの蜻蛉を一から育てることができる——そう思って、有頂天《うちょうてん》になった」

椛にとって、それはひどく痛い告白だった。椛を蜻蛉の身代わりにするつもりだったのだと、岩崎は認めたのだ。

「人を誰かの形代にしようとするなんて、決してしてはならないことだったのに」

椛、とふたたび岩崎は呼びかけてくる。

「ごめん」

「……っ」

謝ってもらっても、取り返しなどつかない。許すことなどできない。

(それに……)

岩崎が悪いというわけでもないこともまた、椛にはわかっているのだ。

もともと娼妓《しょうぎ》と客というものは、嘘の恋愛を通して繋がっているものだ。そんなことは禿の頃から嫌というほど繰り返し教えられてきた。

(ただ岩崎様とだけは違うって、俺が勝手に思っていただけで)

岩崎がどんなつもりで椛のもとに登楼していたとしても、きちんと花代を払っている以上、客としての義務は果たしてくれている。誰の身代わりにしていようが自由だし、そこに真実の感情などなくていい。むしろある客のほうがまれなのだ。客が娼妓の「愛している」を真に受けるのが野暮《やぼ》なように、逆もまた同じことが言えるだろう。

(俺が勝手に勘違いして慕《した》っていただけ)

しかも岩崎は、「愛している」と言ったことさえなかったのに。

「謝ったって、許せることじゃないだろうけど……本当に悪かった。どうしたら、少しでも償《つぐな》える?」

何でも言って欲しい、という岩崎に、椛は激しく首を振るばかりだった。

「……何をしていただいたって……っ」

どうにもならない。岩崎が椛に蜻蛉を重ねているという事実が覆《くつがえ》るわけではない。――多分、椛は謝って欲しいわけではないのだ。

「俺が勝手に拗《す》ねているだけなんです。どんなつもりで色子を揚げようと、お客様の自由です。岩崎様は別に間違ってない」

「椛……！」

岩崎は椛の言葉を遮るように声をあげた。

「……たとえ廓《くるわ》のルールではそうでも、ぼくにとっては――ぼくにとって、椛はただの色子じゃない」

「わかってます、蜻蛉のかわりでしょう……!?」

「違う……!!」

岩崎は声を荒げた。彼がそんなふうに激昂《げきこう》するのを、これまでに聞いたことがあっただろうか。

「蜻蛉のかわりでもない。椛は、ぼくの一番大切な子なんだ……！」

その言葉は、椛の胸を激しく揺さぶった。

「岩崎様……」

呆然と彼の名を呼ぶ。

蜻蛉のかわりじゃない、一番大切だと言ってもらえて、凄く嬉しかった。それこそが椛が欲しかった言葉だった。椛は多分、彼に謝って欲しかったわけではなく、自分自身として愛して欲しかっただけなのだ。

彼の言葉を素直に信じることができたら、どんなにいいか。

(ほんの少し前なら、岩崎様の言葉をわずかでも疑ったことなどなかったのに)

「ご……ごまかされません……っ！」

椛は叫んだ。

「そんな……口先だけでごまかそうとしたって駄目です……！　どうして信じられるんですか⁉　どうやって証明できるって言うんですか……‼」

「証明……」

岩崎はその問いかけに答えられなかった。

椛は自らの仕掛けの襟《えり》に手をかけた。この仕掛けも岩崎が贈ってくれたものだ。椛の周りにあるものは、何もかも――何もかも。

椛はそれを乱暴に脱ぎ捨てた。

「椛……何を」

「水揚げなんだから、することは決まっているでしょう？　もうこれ以上、話すことなんてありません。やることだけやって、さっさと帰ったらいいじゃないですか」

それでも――自ら抱かれようとしたのは、彼の言葉が嬉しかったからなのかもしれない。

たとえ嘘だったとしてもだ。

帯を解き、緋襦袢姿になって、岩崎の膝に乗り上げる。

「さっさと済ませましょう……！」

こんな言い方を岩崎が好まないことはわかっていた。けれどそうして自分を律していなければ、すぐにも崩れてしまいそうな気がした。いつものように、抱かれてしまったら。

「椛……！」

岩崎は椛の肩を掴み、自分の膝から下ろそうとした。

「無理矢理じゃないと乗らないんですか？　でしたら、そのように演じますけど」

これまでの行状《ぎょうじょう》に当てこする科白に、岩崎が狼狽えるのが心地いい。彼のこんな姿を見るのは初めてかもしれなかった。

「それとも、やっぱりみんなが言うように変態だったんですか？　蜻蛉に似てるからってだけじゃなくて、子供のほうが好きとかそういう……」

「まさか……！」

「じゃあ、どうしてしないんですか？　そういえばさっきも手はふれないとか言ってましたよね。どうしてもうしたくなくなったんですか？」

「したくないなんて言ってな……」

「もう俺に興味がなくなったから？　……今まで散々俺のこと……まだ一本立ちもしない

うちから弄《もてあそ》んできたくせに、よくそんなことが……!!」

そう口に出すと、何故だかわっと涙が溢れた。

「ひどい……」

「椛……!!」

岩崎が慌てて抱き締めてくる。懐かしい腕の感触は、いっそう涙を煽《あお》った。

スーツを摑み、胸に顔を埋めながら、椛は声をあげて泣いた。

(だめなのに)

こんな子供っぽい姿は、蜻蛉とはまったく似ていないだろう。

(岩崎様に嫌われる……!)

本当はもう二度と逢わないつもりだったのだ。そんな相手に嫌われたって、別にかまわないはずだった。それなのに。

嫌われると思うと、どうしてこんなに胸が痛いのだろう。

「……興味がないわけないだろう」

「でも……っ、俺が子供っぽくて、蜻蛉ほど綺麗じゃないから……っ」

「椛……!」

抱き締める腕に力が込められる。

「似てなくていいんだ。椛は椛でいいんだ」

「嘘つき……！」

「嘘なんかついてない。──椛はこのところ、凄くおとなしかったよね。伏し目がちで、喋りもせず、笑いもせず……」

「……だから？」

「まるで蜻蛉といるみたいだった」

その言葉が胸に刺さる。

「……よかったですね」

椛は低い声で返す。他に言いようもなかった。

「違うんだ。よくなんかない。……昔、蜻蛉といたときには、それを不満に思ったことなんかなかったのに」

「俺じゃ物足りなかったってことですか……⁉」

「違う……！」

どう言えばいいのか、と岩崎は頭を抱えた。

「椛が椛らしくなくなって、昔みたいに懐いたり甘えたりもしなくなって……それがたまらなかったんだ。あいだに壁ができたみたいで、ひどく苛立って、……ついおまえにあんなことを」

「……俺が蜻蛉に似てたから、その気になっただけでしょう……？」

「違う……！」

「嘘」

「信じてもらえないかもしれないけど、本当に違うんだ。……椛が変わったことに苛立って、……だけど抱けば、取り繕《つくろ》わないままの素《す》の椛が見れた。可愛くて、素直な反応をする、ぼくの椛が」

自分の反応を思い出し、椛はかっと頬を染めた。愛撫に身も世もなく悦《よ》がらずにはいられない、自分の反応を。

「……ごめん、よけいひどいことを言っているな、ぼくは」

抱かれている最中のいやらしさを指摘されるのはたまらなく恥ずかしかった。けれども、岩崎が新造だった椛に手をつけた理由が、椛が蜻蛉に似ていたからではなく、蜻蛉に似ていない椛を引き出すためだったとしたら。

（……この人は、本当のことを言ってるんだろうか……）

岩崎の顔を見つめる。嘘をついているようには見えない。けれどそれを信じてしまうことが、椛は怖い。

岩崎は言った。

「……このあいだ偶然、蜻蛉に会ったんだ」

「えっ――」

思いも寄らない話だった。

（蜻蛉に会った……？）

椛は激しい動揺を覚えた。再会する二人を想像すると、胸がざわつく。とても平静ではいられなかった。

「……いつ……どこで……？」

「もう何ヶ月か前のことになるかな。外国の空港で……会ったというより、見かけたんだ」

「……空港……」

椛にとっては、それはあまりにも遠い憧れの単語だった。

だが互いに娑婆《しゃば》にいる以上、岩崎と蜻蛉には、そんな偶然もまったくありえないわけではなかったのだ。

「――最初、椛かと思ったんだ」

と、岩崎は言った。

「え……、俺……？」

「ああ。馬鹿みたいだろう？　あんなところに椛がいるはずがないのに。――なのに椛を見たような気がして、探したら蜻蛉だった」

「それって……」

言葉の意味を計りかね、まさかと思って、椛は問い返す。

「……蜻蛉を、俺と見間違えたってことですか……？」

「ああ」

岩崎は頷いた。

（蜻蛉を、俺だと思った……って）

そのことを素直に解釈してもいいのだろうか。それが本当なら岩崎の中で、蜻蛉と椛との立ち位置が——本体と影とが入れ替わったことになるのではないだろうか。

椛は唇を開き、けれど何を言ったらいいかわからなかった。

「言葉も交わさなかったけどね……、しあわせそうな蜻蛉を見ながら、椛のことばかり考えてたよ。昔は椛もこんなふうに笑ってたな、って」

岩崎は椛の頬に手をふれ、何度も撫でる。

「傾城にふさわしく振る舞わせようとして、椛がそのとおりにできないのも子供だから仕方がない……なんて言いながら、本当はそういう椛のことが、ぼくは好きだったんだ。自分で自分の気持ちがわかってなかっただけだった。……椛といて、楽しかった」

「岩崎様……」

「他愛もないお土産を心から喜んでくれたり、無邪気に懐いて、いろんな話をしてくれたね。それに、ぼくの出張の写真なんかで喜んで、つまらない話でも楽しそうに聞いてくれて……そういうのって、やっぱり嬉しいものだね」

「それは本当に楽しかったからです……！　俺は……色子見習いの身でありながら、岩崎様の前では、ただの……子供でした」

岩崎は微笑した。

「そういう椛に癒されて救われていたのに、いつまでも昔の初恋に引きずられて……、おまえには本当に嫌な思いをさせてしまった」

ごめん、と岩崎はまた謝る。

「……椛をしあわせにしたい。いつも笑っていてもらいたい。だから……ぼくといることが椛のしあわせじゃないなら、椛がもうぼくに会いたくないなら、椛の願うとおりにしようと思った……」

椛は思わず顔を上げ、濡れた目を見開いた。

岩崎は、もしかして椛を手放そうとしているのだろうか。椛と離れても平気なのだろうか。二度と会えなくなっても、今までどおり普通に生きていける？

だが、岩崎は言った。

「——でも、無理だった」

「……っ？」

「椛がそのほうがしあわせなら、手放すことも考えた。でもどうしても諦めきれない。椛のことが、好きなんだ」

見開いた目から、ふいにぼろぼろと涙が零れた。岩崎にはっきり言葉にして言ってもらったのは、これが初めてのことだった。

「ほ……ほんとに？」

「本当だよ。椛だけだ。いつのまにか、椛自身に惹《ひ》かれていたんだ。……ほんの小さい頃から可愛がって、ただ愛してるっていうだけじゃない、椛はぼくの一部のように切り離せない存在になっていた」

その気持ちは、椛がずっと抱いていたのと同じものだ。

「ぼくとやり直してくれないか」

「っ……えっ、……」

しゃくりあげる椛を、岩崎は抱き締める。

「……蜻蛉のときは、最初から心は縛《しば》れないと思っていた。からだを縛れればそれでよかった。だけど椛のことは、まるごと欲しいんだ。しあわせにしたい。……今までのことを許してくれるなら、何でも椛の言うとおりにする」

「な……んでも？」

「ああ。ぼくの悪いところは全部直すし、したくなければしなくてもいい。椛に魅力がないとかじゃなくて、五年もしないまま一緒にいたんだからね。それでもぼくは十分楽しかったから」

一番重要なのはそれではないと思ったという岩崎の言葉で、ようやく椛は先刻の話を理解した気持ちになった。

「だから……ここを出て、ぼくのところに来てくれないか」

「えっ……!?」

椛は思わず声をあげた。すぐには、意味さえよくわからなかった。

「……今、なんて……？」

「身請けしたいって言ったんだよ」

「……っ……？」

軽々しく口にできるようなことではないはずなのに、岩崎を見上げれば、彼の顔は冗談を言っているようには見えない。

「……本気でおっしゃってるんですか……？」

「勿論」

「そんなこと、許されるんですか……!?」

一本立ちしたばかりの色子を手放すことを、見世が許すのかということもある。だがそれ以上に、岩崎家が承知するのかどうかということが問題だった。

（色子を身請けするなんて……。ああ、でも……そういえば蜻蛉のことも身請けすることに決まってたんだっけ）

思い出すと、またきりきりと胸が痛む。

「許されなくても、だよ」

そんな椛の心の内を察したように、岩崎は言った。

「……蜻蛉のときは、他に妾《めかけ》を持たないことと、そのうち必ず親の勧める相手と政略結婚することを条件に、親の了承《りようしよう》を取ったんだ。祖父のことがあったからね。色子なら他所《よそ》に子供をつくる心配はないし、悪い話じゃないって、うちの親は思ったらしい」

「……」

椛は何も言えなかった。

岩崎は岩崎財閥の跡取《あとと》りで、いつかはしかるべきところから妻を迎えることになる。それは最初からわかっていることだ。その条件を呑めば色子を囲ってもいいという彼の両親の回答は、ずいぶん寛大《かんだい》な話だとは椛でさえ思うのだ。

なのに椛は、そうして囲われることを、喜ぶ気持ちにはなれなかった。

岩崎とは客と娼妓の関係であればこそ、彼に他の相手がいてもどうにか耐えられるかもしれない。けれどその重《おも》しを失って、嫉妬《しつと》を抑えていられるのかどうか。

（蜻蛉ならできるだろうけど……）

そう思うと、またちりちりと胸が焦《こ》げる。

「蜻蛉はそれで平気……というか、関心がなかったんだろうね。そのことについて、何も文句は言わなかった。だからぼくも疑問は持たなかった。蜻蛉を閉じこめてしまうことができれば、それでよかった」

「……」

「でも、椛は違うよね」

言い当てられ、椛はびくりと驚いた。岩崎はそんな椛を見て、目を細める。

「ぼくにとっても、椛は違うんだ」

「……違うって……？」

「ただ閉じこめておければいいわけじゃない。椛にも、しあわせでいてもらわなければだめなんだ」

「俺にも……？」

「そう。そのためならどんなことでもするつもりだし、椛を請け出したら、ぼくは他の誰とも結婚するつもりはない。……あれから六年以上たって……今ならそれくらいの力はある。ずいぶん頑張って働いてきたんだからね」

「岩崎様……」

信じられないような言葉に、椛は呆然と彼を見つめた。

「一緒に来てくれる？」

「う……っ」

見開いた目から、またぼろぼろと涙が溢れた。こんなに一度に、たくさんの涙が出るものなのだと椛は初めて知った。何度もしゃくりあげ、どんなに醜《みにく》い顔になっているかと思う。

「椛……？」

岩崎のスーツを握り締め、再び胸に顔を埋めた。

「な……なんでも言うこと、聞いてくれますか……？」

「ああ」

「もう、か……蜻蛉とも、他の誰かとも、重ねて見たりしない？」

「うん。……ごめんね」

岩崎の腕が背中にまわり、抱き締めてくる。

「じゃあ、……名前で呼んでもいいですか……？」

「名前？」

その意味するところが、岩崎にはわからないらしい。怪訝《けげん》そうに問い返しながらも頷く。

「いいよ？」

椛は勝手に深読みしていたけれども、名前を呼ばせなかったことに、深い意味はなかったのかもしれないと思う。

「が……外国に行ってみたいです……っ」

「すぐに連れていくよ」

しゃくりあげる椛に、ほかには、と岩崎は聞いてくる。顔から火を噴くような気持ちで、椛は言った。

「……っ、し、しないのは、俺がやです……っ」

岩崎はくすりと笑った。

「そうだね。ぼくも本当は嫌だよ」

悪戯《いたずら》っぽく光る目と目を見交わし、椛も少し笑った。岩崎の唇が重なってくる。椛は岩崎の首に腕をまわし、力一杯抱きついた。


可愛い、と繰り返しながら、岩崎は椛の体中にくまなく口づけ、舐めてくる。乳首は勿論、臍《へそ》やその下まで。

「……ここも可愛い」

「やあ……っ」

大きく脚を開いてすべてを彼の目に晒《さら》すのは、何度してもひどく恥ずかしかった。なのに口内《こうない》に含まれ、幼いそれを転がされはじめると、快さにびくびくと震えずにはいられない。

「……っ、……っ……うぅ……っ」

椛は袂を噛んで堪《こら》えようとした。岩崎の指が、その唇を解かせる。

「もう、声は殺さなくていいから。……聞かせてくれるね」

「あ……」

そうだった。何ヶ月も続いた秘密の逢瀬《おうせ》のあいだに、すっかり癖《くせ》になってしまっていたけれども。

岩崎は咥《くわ》えながら、後ろに指を這わせてくる。潤滑剤《じゅんかつざい》で濡らされたそれは、難《なん》なく椛の後ろに入り込んできた。

「あ……だめ……っ」

反射的に拒んでも、岩崎はやめてはくれない。前を舐めながら、指を増やして掻《か》き回しはじめた。それは彼自身が挿入《はい》る隙間《すきま》をつくる作業なのに、椛はおかしくなるくらい感じてしまう。

「ん、んん、だめ……っ、だめです……っ」

「どうして」

そんなふうにされたら、すぐにイッてしまうから、などと言えるわけがなかった。

椛はなかなか我慢できないけれど、本当は色子は客より先にイッてしまうわけにはいかないものなのに。

「もう、だめ……っ」

喘《あえ》ぎながら、椛は求める。はしたないと思いながらも、早く挿《い》れてもらわなければ保《も》たなくなりそうだった。いつものこととはいえ、今夜は水揚げの特別な夜なのに。

「じゃあ、椛の好きな体位でしようか。何が好き？」

破廉恥《はれんち》な問いかけに、椛は熱い顔がいっそう熱くなるのを感じた。

「普通にするのも、後ろからするのも、感じてたよね。後ろからするときは、床に伏せて腰だけ高く差し出すようにするほうが、好きなんだっけ？」

「や……っ」

恥ずかしさに、両手で顔を覆って首を振る。尻だけを捧《ささ》げる体位でしたときのことを思い出してしまう。そんな姿勢をとらされて死ぬほど恥ずかしかったのに。なのに思い出すと、椛の身体はぞくぞくと昂《たかぶ》ってしまうのだ。

「い……いやらしいこと……っおっしゃらないでください……っ」

「いやらしいのはどっち？　椛のことを話してるんだよ」

岩崎はくすりと笑った。

「初めて後ろだけでイッたのは、背面座位《はいめんざい》だったね。前のほうはさわりもしなかったのに、襖に向かって大きく脚を開いて」

「やだ……っ」

椛は必死にやめてくれるように訴えた。

体内には、岩崎の指が三本挿入されている。岩崎がいやらしいことを言うたびに、それをきゅうきゅうと締めつけずにはいられなかった。

岩崎は、椛が答えるまでこんな囁きを続けるつもりなのだろうか。

「……お膝《ひざ》……」

声を出すだけでもぞくぞくするような思いを味わいながら、椛は蚊《か》の鳴くような声で呟いた。

「え……？」

「……お膝に、抱いてください……っ」

自分から、体位の要求をするなんて。

恥ずかしくて死にそうなのに、岩崎は更に問いかけてくる。

「そう……座位が好きなんだ？」

そう聞かれて、椛は頷くしかなかった。

「どうして？」

「……お顔が……見える、から……っ」

「このままでも見えるけど」

岩崎は椛に覆い被さった姿勢のまま言った。

「でも膝がいいんだ？　どうして？」

「……っ、んん……っん……っぅ」

言えなくて、椛は首を振る。

「膝に乗ってすると気持ちいいの？」

「……っはい……凄く……っ」

言わずもがなことまで口にしてしまう。更に促すように、岩崎はより深く指で中を探《さぐ》ってくる。

「どんなふうに？」

「あ、あ……っ、やめ」

「言わないと、やめないよ」

「ああぁ……っ」

抉《えぐ》られ、椛はしかたなく言葉を繋《つな》いだ。

「……下から、深く入るし……っ」

深く入れられれば入れられるほど苦しいが、それだけ深く岩崎と繋がっていられる気がした。

（それに苦しいけど……）

甘苦しい、とでもいうのだろうか、苦しければ苦しいほど、甘やかな何かがあるのだ。

「それから……?」

言葉尻を捉え、岩崎は更に促してくる。

「……っ好き、だから……っ」

「何が?」

「岩崎様のお膝がぁ……っ」

もともと、していないときでも、岩崎の膝に抱かれて甘えるのが、椛は大好きだったのだ。

「……可愛い」

岩崎は軽く頬に口づけて、椛のからだを引き起こす。肩に手を回させ、腰を抱え上げて、白い双丘《そうきゅう》の肉を割り開く。

「あ……っ」

「自分で挿れられるね?」

「は……い……っ」

真っ赤になりながら、椛は岩崎のそれに片手を添え、後ろにあてがう。岩崎の指でしつこいほど解《ほぐ》されたそこは、先端がふれただけで収縮し、悦《よろこ》びを訴える。

「……っ、あぁっ……!」

ゆっくりと受け入れるはずだったのに、一瞬力が抜け、腰が落ちた。一気に奥まで貫かれ、椛は目が眩《くら》んだ。

「あああぁ……っ！」

びくびくと背を引きつらせ、昇りつめてしまう。

そのまま岩崎の胸に倒れ込んだ。

「す……すみませ……」

「どうして謝るの」

岩崎はくすりと笑った。

彼はまだ椛の中で息づいている。椛自身の重みで、いつもより深くまで届いている気がする。じっとしているだけで意識せずにはいられず、吐息が零れた。

（……膝に抱かれることなんて……もう二度とないと思ってたけど……）

「どうしたの？」

問いかけられ、椛は微笑した。

そして椛は首を振り、岩崎に腕をまわして、ぎゅっとその背を抱き締めた。

＊

一度終わっても、からだを拭《ぬぐ》っているうちに、椛はまた反応しはじめる。それをまた愛撫して、何度も繰り返し抱いた。次第にからだを清めようとしているのか、感じさせようとしているのか、わからなくなって。

いつもは慌《あわ》ただしく、たいていは一度したら終わりだったのに、認められた仲だとこんなにも長く抱きあっていられる。

（もう夜が明けるのか……）

岩崎は勧められるまま朝湯を使い、見世から支給された浴衣《ゆかた》姿で、部屋へと戻って来た。内湯《うちゆ》のほうへ行った椛の姿は、まだない。

少し涼《すず》むつもりで廊下へ出ると、いい風が吹いていた。

岩崎は庭へ降りる石段に腰掛け、薄明かりの中で手帳を広げた。

「いい匂いですね」

そこへ声をかけてくる者があった。

「鷹村……」

顔を上げれば、鷹村が立っていた。

「ああ……、これは椛がね」

「椛が……？」

促せば、鷹村は隣に腰を下ろしてくる。

岩崎の手帳には、文香《ふみこう》が栞《しおり》のように挟んである。そこから仄《ほの》かな優しい香りが立ち上っていた。

「直接もらったわけじゃないけど、拾ったんだ」

新造出しの日、椛が階段から落ちて気を失ったと聞いて、一目会いたくてずっと待っていた。けれど結局追い返されて、その帰る途中に、廊下から庭を見下ろして見つけたものだった。

「封筒の表書きにぼくの名前があって、裏には椛、と……。本当は椛に確かめるべきだったんだろうけど、あんな状態になって話しそびれたまま、ずっと持ってた」

「そういえば、たしかに岩崎様のお誕生日に差し上げるとか言って、何か準備していましたね。……階段から落ちたときに落として、そのままになってたのかもしれませんね」

「そうか……誕生日」

椛が祝ってくれるつもりだったのかと思うと、微笑が零れた。

「手帳を開くと、ふわっと文香の香りがするんだ。いろいろあってもこの匂いを嗅《か》ぐと、椛とまだ繋がってるんだって気持ちになれた。仕事で疲れたときも、なんだか凄く癒されたよ」

「椛に言ってやってくだされば、喜ぶと思いますよ」

「うん」

頷きながら、岩崎は妙な気分だった。鷹村と、水揚げの翌朝に、こんなところで並んで話をするなんて。

けれど昔からのすべての経緯を目にしている鷹村は、やはりずっと岩崎のことを気にかけてくれてはいたのかもしれなかった。

「……蜻蛉に会ったんだ」

と、岩崎は言った。

鷹村はさすがに驚いたらしく、え、と小さく声を立てる。あらぬ面倒の心配でも、胸を過《よ》ぎっているのかもしれない。

「会ったというより、見かけただけだけどね。綺蝶《きちょう》と一緒に、笑ってたよ。——しあわせそうだった」

「そうですか……」

よかった、と鷹村は呟く。

「……蜻蛉もあんなふうに笑うんだな、って思った。知らなかったよ。あの頃……ぼくは蜻蛉の、いったいどこを見ていたんだろうね」

彼に恋をしていながら、結局は傾城《けいせい》としての美しさしか、見えていなかったのではないかという気もするのだ。

「そう……正直、ずいぶん誤解なさってるように思う面もありますね。理想の傾城どころか、こちら側から見れば、本当にやっかいな妓でしたから」

たしかに、蜻蛉のような妓は、遣《や》り手にとっては頭痛の種だっただろう。

けれど、やがて彼は微かに唇を緩めた。

「でも……、あれほどあの妓を可愛がってくださったのは、やっぱりどこかであの妓の本質をよく見てくださっていたからこそのことだったんだと思いますよ。あの妓のお客様は、みんなそうでしたから」

鷹村の言葉に、岩崎は頷いた。

「――鷹村」

そして彼に告げた。

「椛はもらうよ」

「岩崎様……っ」

「絶対、しあわせにするから」

鷹村は岩崎の宣言に驚きながらも、やはりいくらかは予想していたのだろうか。

「……そんなことになるんじゃないかと思ってましたよ」

鷹村は、大袈裟《おおげさ》なくらいの深いため息をついた。

「まったく、将来有望だと思っていたのに、やっと一人前になったかと思ったら身請けだなんて」

「悪いね、ほんと」

経営側の人間としては、嘆《なげ》きたい気持ちにもなるだろう。自らしでかしたことながら、岩崎は深い同情を覚える。

けれど、どうしても譲るわけにはいかなかった。

「でも、まあ……しあわせにしてやってください」

「ああ」

鷹村の言葉に、強く頷いた。

ふと、気配を感じて顔を上げれば、廊下の向こうから、湯上がりの椛が姿を現したところだった。

「椛」

「では、私はこれで」

鷹村がそれを潮《しお》に立ち上がる。そして去り際に口にした。

「岩崎様……」

「うん？」

「……あなたも、よく笑顔を見せられるようになりましたよ。蜻蛉の頃より、椛のところに登楼されるようになってからね」

「鷹村……」

たしかにそうなのかもしれない、と自分でも思った。言われるまで、考えたこともなかったけれど。

「ぼくは変わったかな？」

「ええ、少し」

微笑を見せ、彼はそのまま歩き出す。それでも途中、椛とすれ違って説教をするのは忘れない。

――お客様より長湯をするとは何ごとですか
――すみませんっ
「椛」

呼びかけると、椛は鷹村に頭を下げ、仔犬のように駆けてきた。

その姿に、自然、笑みが零れる。鷹村の言う、よく笑うというのはこういうことなのだろうかと思う。

「何を見ていらっしゃるんですか？」

傍に来て座り、椛は岩崎の手許を覗き込む。

「あっ……！」

そして文香に気づいて、真っ赤になった。

そんな表情は、椛らしくてとても可愛らしい。

岩崎は微笑を浮かべ、その顔をじっと見つめた。

あとがき

こんにちは。または初めまして。鈴木《すずき》あみです。

花降楼《はなふりろう》シリーズも、今回でなんと九冊目……！　ここまで続けてこられたのも、読んでくださった皆様のおかげです。本当にありがとうございます。初めてのかたも、一冊ずつ主人公を変えてのシリーズものですので、問題なくお楽しみいただけるかと思います。よかったら、よろしくお願いいたします。

さて、今回は、二冊目で蜻蛉《かげろう》に振られた岩崎《いわさき》さんが主人公です。あれから何年もたって大人になった岩崎さんは、岩崎財閥の後継者として腕を振るいながらも、やっぱりちょっと黒い（笑）。そしてそんな彼の本性も知らず、禿《かむろ》の頃から彼に目をつけられている、蜻蛉によく似た椛《もみじ》（受）。岩崎さんは、紫の上を理想の妻に育て上げた光源氏よろしく、椛を理想の傾城《けいせい》に育てようとするのですが……というお話です。岩崎さんは、担当さんによるとマニア人気があるようなのですが（笑）、読んでくださった皆様にはいかがだったでしょうか。ご感想などお聞かせいただければ嬉しいです。

ところで、この本の出た翌月には、他にも発売されるものがあります。まずは、樹《いつき》 要《かなめ》先生によるコミックス第二弾「愛《め》で痴《し》れる夜の純情・華園編」ついに完結です～！　終わってしまうのかと思うと大変寂しいですね。でも勿論《もちろん》凄く楽しみでもあって悶《もだ》えてしまいます。皆様もぜひ手に入れてくださいね。白無垢《しろむく》Hの描き下ろしもありますよ！

そしてドラマCD「愛《かな》しき爪の綾なす濡れごと」も出ます！　綺蝶《きちょう》と蜻蛉のお話、なんと二枚組でつくっていただいています♥

樹要様。今回も素敵なイラストをありがとうございました。黒い岩崎さん、物凄くかっこいいです……！　コミカライズのほうも、長いあいだお疲れさまでした。樹さんにコミック化していただけて、滅茶苦茶嬉しかったです。この数年間、凄くしあわせでした。本当にありがとうございました。

担当さんにも、今回も恐ろしく大変なご迷惑をおかけして、本当に申し訳ありませんでした。

さて次はついに十冊目ですね……！　忘れた頃に出る……と思うので、そのときはぜひ思い出してやってください。それではまた。

鈴木あみ

Hanamaru Bunko

作家・イラストレーターの先生方へのファンレター・感想・ご意見などは
〒101-0063 東京都千代田区神田淡路町2-2-2
白泉社花丸編集部気付でお送り下さい。
編集部へのご意見・ご希望などもお待ちしております。
白泉社のホームページはhttp://www.hakusensha.co.jpです。

白泉社花丸文庫
﨟《ろう》たし甘き蜜の形代《かたしろ》

2010年3月25日 初版発行

著　者　鈴木あみ ©Ami Suzuki 2010
発行人　酒井俊朗
株式会社白泉社
〒101-0063 東京都千代田区神田淡路町2-2-2
電話03(3526)8070(編集) 03(3526)8010(販売)
印刷・製本　図書印刷株式会社
Printed in Japan HAKUSENSHA ISBN978-4-592-87618-2
定価はカバーに表示してあります。

好評発売中　　　　　　花丸文庫

★遊廓ロマンス「花降楼」シリーズ第3弾！

夜の帳《とばり》、儚《はかな》き柔肌《やわはだ》

鈴木あみ　●イラスト＝樹 要　●文庫判

男の遊廓・花降楼で働く色子の忍は、おとなしい顔だちと性格のため、客がつかず、いつも肩身の狭い思いをしていた。そんなある日、名家の御曹司で花街の憧れの的・蘇武と一夜を共にしてしまい…!?

★大人気、花降楼・遊廓シリーズ第4弾！

婀娜《あだ》めく華《はな》、手折《たお》られる罪

鈴木あみ　●イラスト＝樹 要　●文庫判

花降楼でいよいよ水揚げ（初めて客を取る）の日を迎えた椿。大金を積んでその権利を競り落としたのは広域暴力団組長の御門だった。鷹揚に椿の贅沢を許し、我が儘を楽しむかのような御門に、椿は…!?

好評発売中　花丸文庫

★大人気「花降楼」シリーズ第5弾！

華園を遠く離れて

鈴木あみ　イラスト＝樹　要　●文庫判

吉原の男の廓・花降楼。見世で妍を競った蕗苳、綺蝶、蜻蛉、忍、椿たちは、深い絆で結ばれた伴侶と共に、やがて遊里を後にした。奈落から昇りつめた5人の、蜜のように甘く濃厚な愛欲の日々とは…!?

★男の廓・花降楼シリーズ、絶好調第6巻！

媚《び》笑《しょう》の閨《ねや》に侍《はべ》る夜

鈴木あみ　イラスト＝樹　要　●文庫判

売れっ妓ながら、ろくでなしの客に貢いでは捨てられてばかりの玉芙蓉。借金がかさみ、見世の顧問弁護士・上杉に呼び出される。男の趣味を皮肉る彼を、玉芙蓉は意趣返しに誘惑しようとするが…!?